逆·商·培·养·童·话

莎士比亚叔叔的
文具店

[韩] 申荣兰 / 著　　[韩] 朱圣姬 / 绘　　韩晓 / 译

化学工业出版社

·北京·

本书中文简体字版由金英社授权化学工业出版社有限公司独家出版发行。未经许可，不得以任何方式复制或抄袭本书的任何部分，违者必究。
本版本仅限在中国内地（不包括中国台湾地区和香港、澳门特别行政区）销售，不得销往中国以外的其他地区。
北京市版权局著作权合同登记号：01-2021-3543

图书在版编目（CIP）数据

　　逆商培养童话. 莎士比亚叔叔的文具店 /（韩）申荣兰著；（韩）朱圣姬绘；韩晓译. —北京：化学工业出版社，2021.8
　　ISBN 978-7-122-39471-2

　　Ⅰ. ①逆… Ⅱ. ①申… ②朱… ③韩… Ⅲ. ①儿童故事—图画故事—韩国—现代 Ⅳ. ①I312.685

　　中国版本图书馆CIP数据核字(2021)第130704号

出 品 人：李岩松　　　　　　责任编辑：笪许燕　　汪元元
版权编辑：金美英　　　　　　营销编辑：龚娟　　郑芳
责任校对：刘曦阳　　　　　　封面设计：刘丽华
版式设计：付卫强

出版发行：化学工业出版社(北京市东城区青年湖南街13号 邮政编码100011)
印　　装：凯德印刷（天津）有限公司
880mm×1230mm 1/32 印张5¾ 字数97千字 2022年1月北京第1版第1次印刷

购书咨询：010-64518888　　　售后服务：010-64518899
网　　址：http://www.cip.com.cn
凡购买本书，如有缺损质量问题，本社销售中心负责调换。

定　　价：39.80元　　　　　　　　　　版权所有　违者必究

大家想成为什么样的主角呢？

19世纪的伟大的英国作家威廉·莎士比亚，至今仍活在21世纪人们的心里。他的传世作品包括37部戏剧和3卷诗集。调查结果显示，在莎士比亚逝世近400年后的今天，各国的戏剧舞台上仍然经常上演着莎士比亚的作品。

莎士比亚出生于英国，是全世界都喜爱的伟大的戏剧作家和诗人。和他同时期的剧作家曾形容他"非一代骚人，实属万古千秋"。莎士比亚一生创作了许多超越了时间与空间的不朽作品。

人们为什么这么喜欢莎士比亚呢？那是因为莎士比亚的作品中有我们生活的影子。我们在生活中会经历各种各样的事情，有时候会因为无意间的误会或误解而失去珍贵的人或东西，有时候会遇到难以想象的逆境和困难。莎士比亚通过形形色色的剧中人物向我们展现了人生百态。

《罗密欧与朱丽叶》《哈姆雷特》《麦克白》《李尔王》《仲夏夜之梦》等备受大众喜爱的作品中的人物，都是莎士比亚细心观察生活后创作出来的。

莎士比亚的作品中有这样一句名言：

"世界是一个舞台，所有的男男女女不过都是一些演员，他们有上场的时候，也有下场的时候，一个人的一生扮演着众多的角色。"

人生的舞台没有既定的剧本。在这个舞台上扮演什么样的角色，怎么去演，完全靠自己决定。因为每个人都是人生这个舞台的主角。

大家想成为什么样的主角呢？

也许大家会像本书中的光辉一样，对现在所在的舞台或扮演的角色不太满意。但即便如此，也不要失望。人生的每一个瞬间都是一个接一个选择的延续。请记住，未来会随着现在的选择而发生改变。

申荣兰

目 录

在文具店遇见好友
魔术一样的想象力

"光辉，起床啦！该吃早饭了！"

光辉边发着牢骚边睁开眼睛：

"今天不是星期天吗？"

"别磨蹭了，快起床！"

妈妈的性格说一不二。光辉没办法，打着哈欠，懒散地从床上爬了起来，他看了一下时间，已经九点了。看来，因为是星期天，妈妈已经做出很大让步了。

妈妈把睡眼蒙眬的光辉推进了洗漱间，然后走向了厨房。

光辉简单地洗漱了一下，来到了餐桌旁。

"晚饭是爸爸牌咖喱饭，你可以期待一下哦！"

妈妈一边盛汤，一边说。

"这是给勤快的妈妈提供的特殊服务。"

爸爸一边向妈妈眨着眼睛一边拿起了碗筷。

"我觉得你做的饭更好吃！"

妈妈也笑容灿烂地看着爸爸。

"哇！汤的味道简直太赞了！"

爸爸喝了一口泡菜汤，一脸满足的表情。

光辉也学着爸爸竖起了大拇指。家里的早餐时间总是这样笑声不断。

"一会儿别忘了准时去上补习班。"

洗完碗之后，正准备外出的妈妈好像突然想起来一样，回头说道。

"知道了。"

光辉回答。这时，他看到爸爸也换好衣服出来了，脸上的表情好像有点儿不高兴似的。

"妈妈，爸爸要去哪儿？"

"他去市里办点儿事情。"

"我能不能也一起去啊？"

"下次吧，今天爸爸没时间带你玩。"

妈妈的表情忽然暗淡下来。光辉也跟着闷闷不乐了。一个月前，爸爸辞职了，从那之后妈妈就经常偷偷叹气。爸爸虽然也一直在找新的工作，但看起来不是很顺利。

"走吧！"

爸爸招呼着妈妈。

"只能玩一个小时游戏啊！"

妈妈临走时还不忘唠叨。

"知道了，妈妈，你快走吧！"

光辉轻轻推着妈妈的后背，大声跟爸爸告别，

"爸爸，慢走！"

"嗯，关好门啊。"

走廊尽头传来爸爸的声音。

爸爸妈妈走后，光辉躺在沙发上赖了半天。他今天连游戏都不想打。

爸爸从光辉出生时就一直在上一个公司上班。

爸爸突然失业之后，家里整天乌云密布的。尽管

父母并没有表现出很辛苦的样子，但光辉知道他们只是不想让自己跟着担心。以前妈妈整天都是笑呵呵的，而现在却时不时会露出沉重的表情，光从这一点来看，就知道情况比较糟糕了。

"好事总会发生的吧！"

光辉心里想着爸爸说过的话，努力甩掉不好的想法。光辉相信爸爸。他相信总有一天，妈妈脸上的阴云一定会消散，重新绽放出笑容。

下午，光辉从补习班回家的路上，顺便去文具店买科学课上要用的东西。小区门口有两家文具店，一家是开了很久的老店，另一家是不久前新开的"莎士比亚文具店"。

最近班里的同学们经常提起莎士比亚文具店。这家店的老板是个外国叔叔，但韩语说得非常好。光辉好奇地走向了莎士比亚文具店。

"欢迎光临！"

打开文具店的门，正在整理柜台的老板叔叔回头看了看光辉。

"叔叔，请问有放大镜吗？"

"嗯，有。去那边挑挑看吧！"

光辉挑了一会儿，拿起一个放大镜，走向收银台。

"第一次看见你啊，你是在天空小学上学吗？"
叔叔问道。

　　“是的。”

　　“你上几年级？”

　　“五年级。”

　　光辉打量着叔叔：他有一双褐色的眼睛，卷发一直长到耳朵下面，额头几乎秃了一半，鼻子下面有两

撇微微上翘的胡子。

　　光辉往文具店里面四下打量了一番。可能是因为刚开店不久，里面非常干净。其中最吸引光辉注意的是一面墙上贴着的戏剧和电影海报。

　　《哈姆雷特》《麦克白》《李尔王》《尤里乌

斯·恺撒》《罗密欧与朱丽叶》……

海报的剧目中有光辉知道的，也有第一次见的。海报的剧目下面还有一句简短的句子。贴在最前面的一张海报上画的是月光下的树林里，有一对欢快戏耍的恋人以及和毛驴相爱的精灵。

"仲夏夜之梦？"

光辉歪着头读着海报上的文字，

"想象力就像魔术。"

"这部作品不仅被拍成了电影，还被编成了戏剧和歌剧，你看过吗？"

叔叔亲切地问道。

"没有。"

光辉接着问道，

"叔叔，这句话是什么意思呀？"

"嗯，那是电影里的台词。意思是凭借想象力就可以让我们的人生发生很大的变化。"

"那是什么样的变化呢？"

叔叔解释说：

"这部电影的主人公是各自已经有了爱人的年轻

仲夏夜之梦

想象力就像魔术

男女，他们被迫要在父母的安排下与不爱的人结婚。为了逃避婚礼，他们逃进了魔法丛林。丛林里住着仙王奥布朗和仙后蒂泰妮霞以及捣蛋鬼罗宾。奥布朗为了捉弄与自己关系不好的蒂泰妮霞，派罗宾去摘魔法之花。"

"什么是魔法之花？"光辉好奇地问道。

叔叔接着讲道：

"魔法之花是一种神秘的花，眼睛里涂上这种花的汁液后，不管是人还是禽兽，都会爱上第一眼看到的那个对象。罗宾在丛林里转悠了一整晚，往毫不相关的人们眼里撒了这种花的汁液，所以引起了一阵骚乱。"

"然后怎么样了呢？"

光辉忽闪着眼睛看着叔叔。

"逃到丛林里的恋人们，就这么与毫不相干的人相爱了，有的还因为一些误会而受了伤。而蒂泰妮霞则遇上了一个怪物并与它陷入了热恋。"

"这不可能！人怎么会爱上怪物呢？"

光辉的眼睛瞪得圆溜溜的。

"因为人中了魔法呀！"

叔叔笑眯眯地解释道：

"奥布朗看着平时高傲的仙后蒂泰妮霞焦急地追逐着怪物恋人的样子，心里乐开了花。奥布朗虽然喜欢恶作剧，但也不是一个特别坏的精灵。当他看到一切都陷入混乱时，渐渐意识到自己的玩笑开得过火了。

那些因为自己的恶作剧而与不相干的人相爱并遭受痛苦的人们，让他明白了爱情不是用眼睛就能轻易看到的，而是要用心去感受的。只看外表无法了解一个人的内心。所以，最终奥布朗为所有人解除了魔法。找到真爱的恋人们在人们的祝福下，举行了婚礼，丛林里又重新充满了和平与爱。"

"这都是编出来的故事吧？"

"这么说也没错。仲夏夜指的是一年之中最热的那几天的夜晚，也就是盛夏的夜晚。西方人在很早之前就流传，在这样的晚上经常发生神秘而奇异的事情。"

"啊，原来是这样！"

想象力真的是太厉害了！光辉惊叹地看着海报。

"叔叔，你好！"

文具店门打开了，走进来一个小女孩。

"哦？"叔叔抬头望去。

光辉也闻声转过头去，一瞬间，他的呼吸简直都要停止了。一张熟悉的面孔进入他的视线。

　　"是美露啊，快进来。"叔叔面带微笑地招呼着美露。

　　光辉赶紧回头，装模作样地打量着学习用品柜台。脸上毫无来由地阵阵发烫，好像犯了什么错

一样。

"我要买彩纸和剪刀。"美露说。

"好的，稍等一下。"

叔叔给美露找来了彩纸和剪刀。光辉一边偷偷听着叔叔和美露的对话，一边努力不看他们。美露仔细检查了买的东西后，付了钱，并朝文具店四下环顾了一下。正好此时光辉忍不住抬头看美露，他们俩的视线相对了。慌乱的光辉仓皇地拿起一本笔记本。

"需要我帮你放书包里吗？"叔叔亲切地问美露。

"不，不用了。"

美露拿着彩纸和剪刀，甜甜地笑着。

"那好，再见！"

叔叔亲切地朝美露挥了挥手。美露从光辉面前经过，走向门口。光辉呆呆地看着美露远去的背影。

光辉就读于天空小学，美露就读于海洋小学。不知道美露还记不记得，他们两个人曾经上过同一所幼儿园，而且是非常要好的朋友，经常一起玩。上小学以后，他们很少见面了，偶尔遇见时，光辉就会紧张得好像能听见心脏怦怦打鼓的声音，就像现在这样。

"你和美露上同一所学校吗？"

"什么？"

"就是刚才走的那个小女孩。你们好像认识啊？"

"不是那样的。"

光辉有点儿慌乱，说话支支吾吾的。其实他和美露从幼儿园毕业以后，就再也没说过话。有时在路上遇见，他也曾想打个招呼，但都没能鼓起勇气。所以当叔叔突然问他和美露是不是认识时，光辉慌张得不知道该怎么回答了。

"不过，这里为什么叫莎士比亚文具店呢？"

光辉赶紧转移话题。

"嗯，因为我叫威廉·莎士比亚。文具店用了我的名字。"

"叔叔，你是英国人吗？"

"是的。"

威廉·莎士比亚，不知为什么，光辉总觉得这个名字很耳熟，好像在哪里听到过。

"你叫什么名字呀？"

"我叫崔光辉。"

"光辉？很好的名字啊！"

莎士比亚叔叔说。

光辉的名字经常被朋友们拿来取笑，他还是第一次听到有人赞美自己的名字，不禁心花怒放。这时，有个三年级的小男孩来买跳绳。

"叔叔，我先走了！"

估摸着再过一会儿，爸爸妈妈就要回来了，光辉赶紧向叔叔道别。

"再见，光辉！"

叔叔向他亲切地挥着手。

"嗯，叔叔，您留步！"

光辉又朝叔叔鞠了个躬，然后高兴地朝家里走去。

按照约定，爸爸做了咖喱饭。

"爸爸的料理水平真棒！"

光辉朝着爸爸竖起了大拇指。虽然说这话有些对不起几乎天天做饭的妈妈，但是爸爸做的饭确实更好吃。

"谢谢捧场，光辉，多吃点！"爸爸开心地说。

"明天有个面试吧？"

妈妈看了看爸爸，小心翼翼地问道，

"几点呀？"

"十点之前到就行。"

光辉轮番打量着爸爸妈妈，略微感到一丝压抑，忍不住问道：

"爸爸又开始找工作了吗？"

"光辉！"

妈妈打断了光辉的话，向他使了个眼色，

"吃饱了的话就去写作业。"

"我的作业都写完了。"

"那就写篇日记吧。"

妈妈用不容商量的眼神看着光辉。这种时候，最好还是不要说话了。光辉赶紧离开了餐桌。

"我吃饱了。"

"好。"

爸爸和蔼地看着光辉。

"爸爸，明天面试加油啊！"

光辉暗自在心里为爸爸加油，走进房间，他打开了日记本。

莎士比亚叔叔说过，爱不是用眼睛就能轻易看到的，而是要用心去感受的。因为只看外表无法真正了解一个人。爸爸现在找工作之所以辛苦，是因为其他人没有发现爸爸的能力。如果我有魔法之花的话，我会让每个人都能看到爸爸真实的样子……

光辉的脑海里浮现出一个非常壮观的画面，画面中，人们都纷纷喊着要让爸爸去自己的公司工作。

故事大王莎士比亚
风和日丽的日子里有毒蛇出没

星期一早上，光辉收拾书包的时候总觉得少了点什么。

"我的手机！"他突然想了起来。

书桌抽屉和床底都翻遍了，也没看见手机。要是被妈妈知道的话，肯定又要挨批评了。到底放哪儿去了呢？他仔细一想，从昨天下午开始好像就没用过手机。他去补习班的时候明明还拿在手里的。

"到底是怎么回事啊？"

没办法，光辉只好瞒着妈妈偷偷用家里的电话按下了自己的手机号码。

"你好！"

居然有人接电话了，而且声音还有点耳熟。

"我是手机的主人，你是谁？"

"这里是莎士比亚文具店。"

"什么？"

光辉松了口气，小声说道，

"叔叔，我是光辉。"

"哦，是光辉啊。"

"一会儿我过去取手机可以吗？"

"好啊，你随时都可以过来，别着急。"

莎士比亚叔叔亲切地说。

"光辉，上学要迟到了！"

在厨房洗碗的妈妈大声催促着。

光辉把电话稍微拿远了一点，大声喊道：

"好，我这就去上学了。"

光辉走出家门，朝学校走去，他仔细回想着昨天发生的事情。他记得在文具店里给放大镜付钱的时候，把手机从口袋里掏出来，放在了柜台上。后来，他就开始听叔叔讲故事，结果听得太入迷了，就把手机落下了。

放学后，光辉朝莎士比亚文具店走去。昨天第一次来的时候没发现，文具店外面放着两台游戏机，旁边还有个卖炒年糕和鱼饼的小吃摊。四年级的男孩子们坐在游戏机前专注地玩着游戏。小吃摊有几个孩子在吃零食。

"叔叔，我来取我的手机啦。"

光辉朝文具店里面四处张望，寻找着叔叔。

"能稍等一下吗？"正在从货架上取东西的叔叔转过头，回应了一声。

光辉的视线无意间停在了收银台上面。收银台上放着好几本厚厚的书，书的作者都是"威廉·莎士比亚"。光辉又转头看向墙壁，电影海报上也全都是写着"威廉·莎士比亚原著"。

"这是你的手机吧？"

叔叔忙完了，从抽屉里拿出了手机。

"是的，谢谢。"

光辉鞠了个躬，接过了手机。

"你走了之后我才发现的，我以为晚上你可能会打电话过来，还等了很久呢！看来昨天你不知道手机丢了啊？"

"是啊！"

"看样子你不怎么玩手机，这很好啊！"

叔叔看着光辉挠头的样子，笑了起来。正好这时候，有顾客进来了。

"请问这里能复印资料吗？"

"可以的，这边请。"

叔叔领着顾客到复印机旁边。光辉又仔细看了看收银台上的书。大部分都是和海报上的电影相同主题的书。

"你喜欢读书吗？"

顾客走了之后，叔叔亲切地问道。

"这里的书基本都是剧本，你这个年龄读起来会有点难。不过，你可以看演给小孩子看的音乐剧或话剧。"

"我不是很喜欢读书。"

光辉故意冷冷地回答，眼神却没能从书的封面上移开。光辉知道《罗密欧与朱丽叶》是部很有名的电影，书的封面上也写着"威廉·莎士比亚原著"。

"这本书该不会……"

光辉刚想问问这书是不是叔叔写的，好几个孩子一窝蜂似的拥进了文具店。光辉欲言又止，歪着头，来回看着书的封面和叔叔。

"哎，不会吧，应该只是同名吧！"光辉小声地嘀咕着。

叔叔要是那么厉害的人物的话，是不可能在这儿开文具店的。但要说这纯属巧合的话，又有很多可疑的地方。海报，还有书，上面全都写着莎士比亚的名字，这之间一定是有什么关系的。

"大家一个一个来。"

叔叔开始给拥进来的孩子们拿东西，忙得不可开交。光辉现在该去补习班了。他心想着下次来一定要问清楚，然后就悄悄地走出了文具店。

爸爸决定从今天开始做代驾了。

"开车注意安全。"

爸爸接到订单准备出门了，妈妈把他送到门口，担心地说道。

"不用担心，其他人不是也都在做这项工作吗？"

"第一次做代驾，应该会很辛苦的。"

"在找到其他工作之前，暂时先干着，不然也是闲着。"

爸爸安慰着妈妈，然后转头看向光辉，

"爸爸不在家的时候，你要保护好妈妈，知道了吗？"

"知道了。"

爸爸拍了拍光辉的肩膀，走出了家门。今天爸爸的脚步尤其沉重。

"妈妈，爸爸不能不做代驾吗？"光辉小心翼翼地问道。

晚饭只剩下光辉和妈妈两个人，不知为何，感觉有点冷清。

"你好好学习就行了，其他的不用管。"

妈妈严肃地说道。

说完之后，妈妈突然走向了厨房，拿起干净
的碗开始擦起来。

"整天就知道让我学习，学习。"

跟妈妈实在无法沟通，光辉皱着眉头
走进房间躺到了床上，他是因为担心爸
爸才那么说的，可是妈妈不理解自己的
心意。

"光辉……"

过了好一会儿，房门轻轻地
打开了。光辉闭着眼睛装睡。

"你听妈妈说……"

光辉感受到妈妈的手
在温柔地抚摸着他的
头，好像知道光辉并没
有睡着。

"对不起，让

你为爸爸担心了。小孩子太关心大人的事情也不好。现在爸爸是家里压力最大的人，如果真的为爸爸着想，我们就不能表现得太过着急和担忧，你能懂妈妈的意思吗？"

光辉感觉自己马上就要哭出来了，他强忍着，默默地点了点头。

"写一写最近让你印象最深的某件事情就可以了。"

老师宣布了今天要写的作文要求。

"但是，老师，印象深刻是什么意思呢？"

坐在最前面的俊秀问道。

"是指在看到的或听到的事情中，让你很容易记住的事情，或是不平凡的经历。"

"啊，该写什么好呢？"

听了老师的话，有几个孩子感觉天要塌下来一样，长长地叹了口气。光辉也最烦写作文。他想起最近家里的紧张气氛。要说最近印象最深的事，当然是爸爸失业这件事了。

写作文的稿纸用完了。放学后，光辉向莎士比亚叔叔的文具店走去。

"今天要是能遇见美露就好了。"

离文具店越来越近，光辉加快了脚步。

"再遇见的话，我一定要勇敢地和美露打个招呼！但是，打完招呼之后该说什么呢？"

光辉怀着紧张的心情轻轻地推开文具店的门，走了进去。

"快进来，光辉！"

莎士比亚叔叔高兴地迎接着光辉。没有看见美露，光辉有一丝失望，闷闷不乐起来。

"叔叔，有作文稿纸吗？"

"看样子你是要写作文呀？"

"是的。"

莎士比亚叔叔递过来一本稿纸。

光辉习惯性地打量着墙上的海报。

"风和日丽的日子里有毒蛇出没。"

一张名为《尤利乌斯·恺撒》的海报上写着这句话。

“这个人叫尤利乌斯·恺撒吗？”

光辉指着海报问道。海报上，披着长斗篷的男子正走上台阶演讲，他的脚下，一名男子倒在地上。

“你第一次听说这个名字吗？”

叔叔看着光辉。

“这个人是布鲁图斯，躺在地上死了的这个人是尤利乌斯·恺撒。”

“什么？”

光辉以为这个人只是昏倒了呢，没想到他竟然已经死了。他瞪大了眼睛，仔细观察着海报。

叔叔接着讲解道：“恺撒是罗马时代著名的政治家和将军。曾在多次战役中取得胜利，是奠定了罗马根基的英雄。但他却被自己最信赖的手下布鲁图斯杀害了。”

“为什么呢？”

“恺撒曾经是个勇敢的军人，受到了众多国民的爱戴。当时的罗马是共和政体，所谓共和政体是指所有的权力不是掌握在国王一个人手里，国王一个人说了算，而是通过许多人的共同协议来决定政治问题的

一种体制。但恺撒掌权之后，共和政体的意义发生了大大的改变，恺撒经常凭借个人的意愿做出决定。这就叫作独裁政治。

布鲁图斯怀疑恺撒有废除共和政体自己称王的野心。虽然恺撒曾三次拒绝手下献给他的王冠，但以布鲁图斯为代表的一部分军人担心只要恺撒活着，终有一天罗马可能会再次回到君主独裁时代，所以，他们以阻止权力集中于恺撒一身为由，暗杀了恺撒。恺撒临死前留下了一句话：'布鲁图斯，连你也……'"

光辉听到这里，不由得又打量了一眼布鲁图斯，作为一个杀死将军的部下，他的表情太理直气壮了。他双目怒睁，嘴角固执地紧闭着，好像非常生气的样子。

莎士比亚叔叔接着讲道：

"布鲁图斯坚信自己的行动是正确的，尽管支持恺撒的人都指责布鲁图斯是杀死罗马英雄的叛徒。布鲁图斯辩解道，为了罗马人的自由，他不得不杀死恺撒。布鲁图斯留下了一句名言：'我并不是不爱恺撒，但我更爱罗马，所以才杀了恺撒。'"

"那么罗马后来的命运怎么样了呢？"

接着光辉的问题，叔叔继续说道：

"虽然布鲁图斯为了保护共和政体而杀了恺撒，但愤怒的罗马人发起了暴动，罗马最终还是成了独裁统治的国家。成为皇帝的正是恺撒的养子奥古斯都。"

"布鲁图斯呢？"

"据说他在罗马暴动的时候好不容易逃脱了，但后来遭到恺撒的部下追杀，不得已自杀了。"

叔叔再次指着海报上的句子说道：

"**风和日丽的日子里有毒蛇出没**，这句话就是布鲁图斯说的。"

"啊？"

光辉从一开始就一直好奇这句话的意思。

"你知道这句话是什么意思吗？"

光辉摇了摇头。

"嗯，我用郊游的日子来打个比方吧，这样应该更容易理解。郊游的日子一般都风和日丽，人的心情也好。但那也是蛇出洞的好天气。可以把风和日丽的日子当成是好事情，把毒蛇当成危险而不好的事情。所以，这句话的意思就是说，**发生了好事也不要一味地只顾高兴，一定要随时防备着危险的发生。**"

光辉听完叔叔的话，震惊不已：布鲁图斯感觉共和政体受到威胁而杀了恺撒，却未能得到人们的支持，反而引来了暴动这条更大的毒蛇。

"能够说出这样有哲理的话，看来布鲁图斯也是个有智慧的人，但是为什么他的命运会如此悲惨呢？"

叔叔好像看透了光辉的心思一样，提问道。光辉表示不太理解，于是静静地专心听着叔叔的讲解。

"布鲁图斯的出发点虽然是反对恺撒的独裁，但是他只想着自己的行为是正确的，在没有获得更多人共鸣和支持的情况下就擅自行动了。所以这种做法也像独裁者

一样危险。"

"是的。"光辉赞同地点点头。

他又看了一遍海报上的句子。突然想起了爸爸。爸爸上班的时候，家里总是充满活力。但自从爸爸失业，家里就乌云密布了。失业的压力就像毒蛇一样缠绕在家人的心头，爸爸要怎样做才能摆脱这条毒蛇呢？

"你现在有什么烦恼吗？"

因为有顾客而走开了一会儿的叔叔，重新来到光辉身边问道。他见光辉盯着海报发愣的样子，脱口问道。

"没有。"

光辉赶紧从海报上移开视线，岔开了话题。

"我喜欢听别人讲故事，你要是有什么想说的，我很愿意倾听的。"

"我觉得叔叔讲的故事更有意思。"

"是吗？"

叔叔露出了慈祥的微笑。

"叔叔，你是一个英国人，怎么韩语说得这么好呢？"

"嗯。"

莎士比亚叔叔顿了一会，脸上浮现出一副调皮的表情：

"因为我花了很多时间认真努力地学习了啊。"

"叔叔说的是真的吗？"

"当然是真的，你没听说过功夫不负有心人吗？"

叔叔笑着看着光辉。这时，又有孩子走进了文具店。

"那我先走了。"

光辉拿上书包走出了文具店。现在他的心情好多了。

光辉回到家，拿出稿纸开始写起了作文。

> 　　爸爸正在为了打败突如其来的毒蛇而努力斗争着，他努力的样子上天也一定正在看着。

不良土豆三人帮
友情里有苦也有甜

今天真是非常非常倒霉的一天。

上完补习班，光辉走在回家的路上，忽然在一条寂静的胡同里遇见了几个陌生的小混混，他感觉不太妙。

"喂！"

三个人中长得最凶恶的那个吊儿郎当地朝着光辉招呼着。另外两个人一个特别胖，一个瘦骨嶙峋的。

"是不良土豆三人帮！"

光辉瞬间感觉心里一沉，传说中的不良土豆三人帮居然被他撞见了。

不良土豆三人帮

　　这三个人长得都比较奇特，所以被称为"不良土豆三人帮"。他们在光辉的学校里也是恶名远播，有人说他们三个人都上初二，也有人说其中有一个已经不上学了。

　　"他们会拦住独自上下学的孩子抢钱，还会抢走名牌衣服和鞋。"

　　"要是没有可抢的钱或者东西呢？"

　　"那他们就会因为不爽而狠揍那些孩子一顿。"

　　光辉想起了孩子们平时私下里说过的悄悄话。光辉好不容易稳住发抖的双腿，接着往前走。

"喂，说你呢！"其中一个人大吼一声。

光辉吓了一跳，僵在了那里，呆呆地看着他们。

"看什么看？"

明明是他们自己强行把人叫住，却一上来就质问别人看什么看，这明摆着是在故意找茬儿！

"我什么也没看呀！"

光辉趁机环顾了一下四周。要是有人帮忙就好了，但周围一个人也没有。

"什么？什么也没看？在你眼里我们什么都不算吗？"

"我不是那个意思……"

"不是那个意思，那是什么意思？"

"喂，看没看到他的眼睛瞪那么大？"

"搞不好我们还要揍他一顿揍呢！"

三个人你一句我一句的，那架势眼看就要动手了。光辉心想最好尽快躲开他们，于是用力低着头向前走去。

"喂，你还不过来？"

光辉想装作没听见赶紧走过去，三个人中的瘦子拦住了他。如果对方只有一个人的话，还能想想办法，可现在对方是三个人。口袋里还有刚才买东西剩下的钱，要不直接给他们？正在光辉急得冒汗的时候，身后传来了大人的声音。

"光辉！"

是莎士比亚文具店的叔叔。

"啊！叔叔，你好！"

光辉像见到救世主一样，高兴地跟叔叔打起招呼。看到有大人过来了，原本正在朝光辉逼近的三个小混混犹豫着停下了脚步。

"光辉，这么巧碰到你了，要是不忙的话能跟我走

一趟吗？"

叔叔朝光辉眨着眼睛。

"好的，叔叔，我们走吧！"

光辉装作跟叔叔非常亲近的样子，紧紧地贴在叔叔身边。转身之前他很想对不良土豆三人帮扮个鬼脸，但考虑再三还是忍住了。

光辉和叔叔一起走进了莎士比亚文具店。

"你认识这几个哥哥吗？"

叔叔打开一瓶饮料递给光辉。

"我不认识他们。喜欢欺负人的家伙算什么哥哥！"

光辉使劲地摇着头。一想到刚才差点被打劫，他就又怕又恨。虽然很想骂他们一顿，但还是使劲忍住了。光辉喝了口凉爽的果汁，心情总算是好了。要不是叔叔正好出现，自己可能已经被120拉走了。

"坏蛋！"

光辉正暗自咬牙切齿，叔叔的一句话戳到了他的痛处。

"以后一个人的时候，要是有人要欺负你，一定不要害怕，要表现得理直气壮的。实在不行的话，就向周围的人请求帮助。那种家伙，如果你表现得比较弱，他们就会变本加厉。"

"我不是害怕。"

光辉感觉伤到自尊心了，气鼓鼓地反驳道。

"是吗？那就好。"

叔叔微笑着说道。

叔叔明知道光辉是害怕了，又一脸怪异地笑了。

"你别误会，我就是担心再发生这样的事情才这么说的。"

"您还是不要胡乱担心了！"

光辉说话的语气越来越急。他虽然知道这很不礼貌，但感觉叔叔像是在嘲笑自己一样，所以他越想越生气。

"我的话让你不高兴了吗？"

"没有。"

光辉看都不看叔叔，简短地回答着。

"友情里有苦也有甜。"

光辉注意到海报上有这样一句话。这是一张名为《雅典的泰门》的电影海报上的句子。刚刚莎士比亚叔叔把他从危机中解救出来时，他感受到的是友情的温暖，现在却变成苦涩的味道了。这句话真是说到心坎儿里了！光辉把喝了一半的果汁杯子放在了桌子上。

"怎么这么快就要走了？"

莎士比亚叔叔诧异地看着光辉。

感谢归感谢，心情不好归心情不好。光辉头也不回地说：

"我得回家写作业了。"

"那就再见吧。"

光辉没再说话，只是点了点头就转身离开了。这时另一张海报上的句子映入眼帘。

"今天别人所犯的错误，就当作是对我昨天所犯错误的惩罚。"

光辉虽然不太明白这是什么意思，但能感觉到并不是什么令人高兴的句子。

光辉一路嘟囔着回到家，看到客厅桌子上放着妈妈留的字条。

"我去趟超市，你在家好好写作业吧。"

光辉"扑通"一下坐在沙发上，按下了电视遥控器开关。这时，家里的电话响了。

"光辉，你爸爸手机关机了，他在家吗？"

爸爸的朋友真洙叔叔在电话那头说。

"您好，叔叔，我爸爸现在不在家。"

"妈妈呢？"

"去超市了。"

光辉听见真洙叔叔的声音，突然想起了爸爸的口头禅。

"那时候，我们俩好得连对方家里有几副碗筷都知道。"

爸爸每次一说起他的高中同学真洙叔叔，总会附带着加上这句话。

听说爸爸和真洙叔叔是在高中参加戏剧社团时成为好朋友的。想到这里，光辉突然想起爸爸和叔叔在回忆他们共同出演戏剧"威尼斯商人"的时候，经常会提到"莎士比亚"的名字。

"那个莎士比亚该不会就是文具店的叔叔吧？"

这未免也太巧了吧？光辉决定问一问真洙叔叔。

"那个，叔叔……"

"嗯，怎么了？"

"您和我爸爸演戏剧的时候……"

"戏剧？"

"对，你们高中时候的事情。"

"嗯，是啊！还真是很久之前的事了。"

真洙叔叔轻轻地叹了口气，然后不说话了。过了一会儿，又好像突然有着急的事情一样，他匆忙地结束了对话。

"光辉，不好意思啊。"

"怎么了？"

"这个话题以后再说，一会儿你爸爸回来的话，让他给叔叔回个电话，好吗？"

"好。"

光辉有点失落，含糊地回应着。真洙叔叔又担心地补充道：

"晚点儿也没关系，一定要让他联系我。"

"好的，叔叔。"

"过段时间到我家里来玩啊。"说了这句话之后叔叔就挂断了电话。

"光辉，帮我接一下。"

妈妈开门走了进来。光辉接过妈妈手里的购物篮放到了桌子上。

"妈妈，今天晚饭吃什么？"

"大酱汤。"

"我不喜欢大酱汤啊。"

购物篮里全是蔬菜。光辉很失望。

"没有火腿吗？"

"我不是说过吃太多加工食品对身体不好吗？"

"能吃多少啊？"

妈妈没有在意光辉的抱怨，环顾了一圈家里。电视机开着，桌子上吃剩的零食碎渣到处都是。

"你是写完作业了才玩的吗？"

"明天不是星期天吗？"

"就因为明天是星期天，今天就什么都不用做了吗？你知道离考试还剩几天吗？"

"我说什么都不做了吗？"

"你一定要这样和我顶嘴吗？"

妈妈停下开冰箱门的动作，一下子转过身来，用严厉的目光看着光辉。也不知道妈妈在外面发生了什么事情，让她变得这么敏感。光辉悄悄地回到了自己房间。他知道这种时候还是离妈妈远一点比较好。

今天光辉总是想起朱诺。光辉和朱诺就像爸爸和真洙叔叔一样，曾经也是很要好的朋友。虽然不知道朱诺家有几副碗筷，但每次去他家的时候，他家里有什么玩具，书桌的抽屉里放了什么，光辉都知道。可是现在两个人几乎都不见面了。他们的关系之所以变得生疏，是因为一个月前在玩具店里发生的那件事。

那天，玩具店里的孩子们格外吵闹，而光辉只是专注地看着新出的汽车模型。

"机器人的钱你还没付吧？"

"我付了啊。"

"你怎么老是撒谎？"

那边传来店老板训斥朱诺的声音。光辉吓了一跳，回头一看，店老板把朱诺手里拿着的机器人硬抢了过来，放回货架上。

"刚才我不是付过钱了吗？"

朱诺带着哭腔一直重复

说着。

"你什么时候付的？"

"就是刚才啊。"

"刚才是什么时候？我没有收到过钱。"

店老板坚持朱诺没有付钱。其他孩子都齐刷刷地盯着朱诺。朱诺刚才在学校里还一直炫耀说自己昨天生日收到了很多零花钱，还把钱掏出来给光辉看了，这到底是怎么回事？

"朱诺呀，你没带钱吗？"

光辉小声地问朱诺。

"不是。"朱诺向呆呆站在一旁的光辉投来委屈的眼神。

"带了？"

"嗯。"

"你再翻一翻口袋。"

朱诺叹了口气，把口袋翻出来给光辉看。朱诺的口袋

里一分钱都没有。

"不会是丢了吧？"

光辉尽量压低了声音。这样一来，朱诺更无语了。

"他付钱的时候你看见了吗？"

这时，店老板追问光辉，

"你可以诚实地说出来。"

"虽然我没有亲眼看见……"

光辉转过脸避开店老板那张恶狠狠的面孔，低下了头。虽然自己明明看见朱诺带钱了，但来店里之后也确实没有看见他付钱。

"看吧，你朋友都说没看见吧？"

店老板指着光辉，得意扬扬地怒视着朱诺。霎时，朱诺绝望地看了一眼光辉，一声不响地走出了商店。

"小毛孩竟敢在我面

前耍花招！"

店老板像故意说给其他孩子听一样大声说道。光辉不知所措地望着朱诺伤心离开的背影。这时，他才觉得店老板做得太过分了。会不会是刚才买东西的孩子比较多，老板已经收了钱却没记清楚呢？

"我朋友是绝对不会说谎的。"

光辉说完这句话，把原本拿在手里想买的汽车模型放在收银台上，走了出去。

"这又是什么情况？"

身后传来店老板嘲讽的声音和孩子们嗤嗤的笑声。光辉看了看周围，到处都没看见朱诺的影子。

"在那么多孩子面前，朱诺该是多么丢脸和孤单啊？我应该支持他的……"

光辉到家后，想给朱诺打电话安慰安慰他，但为时已晚。朱诺不接光辉的电话。从那之后，光辉和朱诺关系就疏远了，见了面也互不理睬。

"今天别人所犯的错误，就当作是对我昨天所犯错误的惩罚。"

"友情里有苦也有甜。"

从莎士比亚文具店出来之后，光辉脑海里就一直不断浮现出这两句话。他感觉这两句话好像都是对自己说的，因此心情很沉重。从朱诺的立场来看，光辉上次在玩具店的表现是不够朋友的。这样的友情只会让人觉得苦涩。

如果自己被不良土豆三人帮拦截的事被朱诺看见的话，他一定不会袖手旁观的。

光辉又想起来，三年级时自己被其他班的孩子欺负，朱诺总是无条件地支持他。多亏了朱诺帮他对付那些孩子，他才能安然无事地度过那段日子。爸爸曾说过，在困难的时候伸出援手的才是真正的朋友。一想到这儿，光辉心里就更觉得对不起朱诺了。

爸爸今天好像很晚才能回来。还得把真洙叔叔的话转达给爸爸呢。

爸爸成了蔬菜店老板

书是知识的百宝箱

"拖鞋太旧了，该买新的了。"

妈妈打开鞋柜看了一眼，问光辉：

"你能去前面商店里买双拖鞋吗？"

"妈妈，我还要买明天要用的文具，我能顺便去一趟学校前面的文具店吗？"

"近处也有，你为什么要大老远去那里买？"

"过个马路就是了呀！"

"随便你吧！"

妈妈诧异地看着光辉，把钱给了他。

"我马上就回来。"

光辉高兴地出了家门，朝着莎士比亚文具店走去。虽然有点远，路况也有点复杂，但光辉现在就想去那里。上次他因为要面子，结果连句谢谢都没对莎士比亚叔叔说，心里一直有些过意不去。

　　走进店里一看，叔叔正坐在收银台旁边写作呢。最先吸引光辉的是叔叔手里握着的笔。那支笔上装饰着一根羽毛，叔叔时不时用笔尖蘸一蘸墨水，在纸上如行云流水一般写下一行行文字。

　　"叔叔，您在写什么呢？"

　　叔叔沉浸在写作中，连光辉走进来都不知道。光辉看了一下稿纸，上面写的全是英语。

　　"您好！"

　　光辉惊奇地盯着稿纸看了好一会儿，等叔叔发现他时，他却把头低下了。

　　"光辉来了呀？你有什么需要买的吗？"

　　光辉把选好的拖鞋和彩色铅笔放在收银台上，向叔叔问道：

　　"叔叔，您是作家吗？"

　　叔叔把找的零钱递过去，微笑着说：

"你怎么知道的？"

"啊，您真的是作家呀！"

光辉吃了一惊。

"我不是小说家，人们都称我是诗人、剧作家。"

叔叔点了点头，接着解释道。

"诗人我知道，剧作家是什么呀？"

光辉用更惊奇的眼神看着叔叔。

"你知道戏剧吧？"

"嗯，知道。我爸爸说他的梦想就是成为戏剧演员。"

光辉还补充说，爸爸上高中的时候还和真洙叔叔一起演过戏剧。

"是吗？"

这次是叔叔惊讶地看着光辉了。不知为什么，光辉此刻竟然有点得意了。

"那我说的你应该都能听懂了，"

叔叔点着头接着讲解道，

"就像拍电影需要剧本一样，歌剧、音乐剧、戏

剧等演出也需要剧本。写剧本的作家就叫剧作家。"

"您是说您在写戏剧剧本吗？"

"不会爸爸说的莎士比亚就是您吧？"

光辉瞬间眼睛瞪得溜圆，问题一个接着一个地冒了出来：

"《威尼斯商人》的剧本是您写的吗？"

"是的。"

光辉只是随便问了问，没想到叔叔竟然真的点了点头。

"这简直太劲爆了！"

光辉一时瞠目结舌。叔叔接下来的话更让他震惊。

"说起来可能有点夸张了，'宁可失去整个印度，也不能失去莎士比亚'，这个莎士比亚就是我本人了。哈哈！"

"什么？叔叔是个人，为什么要和印度做交换呢？"

"印度以前是英国称霸世界时的殖民地。这句话的意思是说我是比一个国家还要重要的人物。话又说回来，你是真的不爱看书啊？"

不知叔叔是不是因为光辉没认出自己而感到有点失望，他略带戏谑地看着光辉。

"我确实不怎么爱读书……不过，我周围应该没有人知道叔叔是那样一位有名的人物。"

光辉反驳道，他只觉得脸上微微有些发烫。

"哈哈，确实，你说得对。"

没想到，叔叔竟然轻易就同意了光辉的说法，放下了笔。

"我现在比较清闲，要不跟我聊一聊？"

"叔叔，你不是正在写东西吗？"

"正好要结束了。你坐那儿吧。"

叔叔表情轻松地指了指收银台旁边的椅子。光辉坐在椅子上，又仔细地环顾了一下四周。

"不要拖延，明天会更忙。"

这是《理查德三世》的电影海报上的句子。

"这部电影也是叔叔的作品吗？"

"我本来写的是戏剧剧本，后来被拍成了电影。"

叔叔点了点头，接着说道，

"理查德三世，和朝鲜王朝的首阳大君一样，都通过不光彩的手段坐上王位。理查德三世在哥哥死后，为了夺取王位，把侄子囚禁在伦敦塔里。但他在登上王位两年后就战死了。而首阳大君杀死端宗后当上了王，也就是世祖，此后一直大权在握。相传理查德三世是个非常丑陋的驼背，在电影中被塑造成一个为了谋取权力而不惜杀害亲哥哥和侄子，甚至连妻子都残忍杀害的暴君。"

"叔叔，您是从什么时候开始写作的？"

光辉好奇地打量着叔叔。

"我出生在英国的一个小村庄里，在八个兄弟姐妹中排行第三。上面有两个姐姐，我是家中的长子。我父亲是做皮革制品的工厂老板，有段时间事业发展得相当不错。因此我小时候生活比较富足。村子里大部分房子都是用芦苇做的，而我们家却是漂亮的砖瓦房。但在我13岁的时候，父亲的生意就不行了。"

莎士比亚叔叔好像口渴了，停了一会，喝了杯水。

"我的故事无聊吗？"

"不会。"

光辉摇头回答道。13岁的话应该是小学六年级。比光辉只大一岁。

"父亲生意好的时候，村里的人都很尊敬他，但是生意不行之后，一切都改变了。"

叔叔看着光辉，说那时候家里太穷了，无法继续上学了。

"好不容易撑到小学毕业之后，我就开始工作了。偶尔还杀过牛。"

"什么？叔叔当时只有13岁啊，怎么能杀牛呢？"

光辉不自觉地提高了嗓音。

"我是男孩子，又是家里的长子，我不能看着父亲那么辛苦而无动于衷。"

叔叔的嘴角露出柔和的微笑，接着说道，

"就像你说的，当时我只有13岁，杀牛对我来说是件既可怕又艰难的事情。我经常做噩梦，梦见死去的牛回来找我报仇，所以感到很痛苦。"

光辉顿时觉得少年时的莎士比亚叔叔太可怜了，但死去的牛也很可怜啊，想着想着，他不由轻轻地叹了口气。

　　"但那份工作并没能长久。我还想继续学习，这样的话，就需要找份酬劳高的工作挣钱。"

　　"所以，您去哪里工作了呢？"

　　光辉问道。

　　"我找了份在律师事务所打杂的工作。因为事务所在村子里，诉讼不是很多，所以打杂的工作也不多，也就是打扫打扫办公室，剩下的时间就都用来读书了。多亏那段时间我读了很多书，所以即使生活在小乡村里，也能很快领悟世界变化的规律，也因此后来才能成为剧作家。"

　　"您是怎么做到的呢？"

　　光辉暗自认为叔叔说得有点夸张了。不上学，只靠读书也能成为名人的话，那学习还有什么用呢？但叔叔一脸真诚地接着说道：

　　"古代圣贤曾说过'书中有整个宇宙'，意思是说书中有比通过学校教育获得的知识更多的智慧。这绝对不是说可以不用上学了，只是因为我当时的条件不允许我接受学校教育，所以只能抓住一切机会比别人读更多的书，比别人更加努力地学习。书中不只有科学或数学这样的学术性知识，还有世间形形色色人的故事。**书是带领我们认识未知世界的百宝箱。**但如果毫无想法，只是一味埋头读书，任谁也无法成为那些宝物的主人。既然读了书，就要深刻思考，把书中所展现的世界完全变成自己思想的宝藏，只有这样才能找到真正属于自己的宝贝。"

"所以叔叔找到了什么宝贝呢？"

"我找到了可以让我翱翔的翅膀。"

"翅膀？"

光辉渐渐被叔叔的故事吸引住了，不由得"咕嘟"吞了口口水。叔叔温柔地看着光辉。

"韩国有句俗语说'小泥鳅翻身成龙'。你知道是什么意思吗？"

"我好像听说过这句话，但具体是什么意思我不清楚。"

光辉摇了摇头回答道。

"我也是来到韩国之后才知道。这句话是形容出身不好的人通过努力获得了成功。

连小学都没上完的孩子，长大之后成为了举世闻名的剧作家，这不正是'小泥鳅翻身成龙'了吗？"

莎士比亚叔叔笑眯眯地看着光辉。

"那时，我从书中学习了历史故事和法律知识，还阅读和背诵了无数的诗歌，这些培养了我的文学修养，对我之后的写作生涯起了很大的作用。所以说，书是我成功的翅膀。"

"这里所有的电影和戏剧都是叔叔的作品吗？"

光辉一直想问这个问题，虽然他在心里觉得那不太可能。但叔叔非常肯定地点点头：

"是的，我的作品大部分都被拍成了电影或是被编成戏剧、音乐剧，在全世界广泛传播。"

"那么《罗密欧与朱丽叶》《哈姆雷特》《麦克白》《尤利乌斯·恺撒》，这些都是您的作品了？"

光辉的声音越来越大，他实在太震惊了。这些名著的作者此刻就站在他的眼前，这个事实简直令人无法相信。

"这里的台词大部分都是从我的生活经验中得出的感悟。"

叔叔指着墙上的海报说。

"但叔叔现在为什么会在这里开文具店呢?"

光辉打破砂锅问到底。叔叔笑着回答:

"哦,作家要想写出好的作品,就需要到全世界去游历,积累经验,这对写作很有帮助。"

"那，您现在是在构想新作品吗？"

叔叔还没来得及回答，这时，有顾客进来了。

"对了，妈妈让我快点回去的。"

光辉这才反应过来。肯定又要被妈妈唠叨了：说是去买双拖鞋，又不知跑哪儿玩去了。

"叔叔，我先回去了。"

光辉匆忙打完招呼，走出了文具店。

"就算还不起银行贷款，要把房子卖了，家也不能搬啊。"

回到家之后，光辉发现妈妈正跟姑妈在通电话，

她们聊得太投入了，连光辉进来了都没听见。

"要是搬家的话，光辉上学就成问题了，所以暂时还是在这里住着吧。虽然是第一次做生意，孩子他爸也会努力的，不要太担心。"

妈妈让姑妈放心之后挂了电话。

"妈妈，爸爸要做什么生意？"

"嗯？"

一看到光辉就站在身后，妈妈有些慌张，不过，她很快镇定下来，冷静地说，

"爸爸从明天开始就要从事新工作了。你什么都不用担心，只管努力学习就行了。"

妈妈说，爸爸跟着在可乐洞做蔬菜批发生意的姑妈学习，也开始做蔬菜生意了。

"我们家破产了吗？"

光辉一下子想起了莎士比亚叔叔说过的话，

"我也需要退学跟着爸爸去做生意吗？"

"你想多了。不会那样的。"

听了光辉的话，妈妈马上眼睛瞪得溜圆，一个劲地摆着手。

"光辉，爸爸回来了！"

晚上十点，门口传来了爸爸的声音。光辉走进客厅。

"你回来了！"

妈妈高兴地迎接着爸爸，回过头来看了一眼光辉，示意他别愣在那儿。

"爸爸，您回来了！"

光辉直直地看着爸爸，只见他穿着崭新的蓝色工作服，很精神。

"噢，是啊，儿子。"

不知道爸爸为什么那么开心，一直笑呵呵的，

"光辉，爸爸从现在开始要做蔬菜生意了。干得好的话，一年之内就能开一个像样的蔬菜店。"

"当然了，也不看看你是谁老公！"

妈妈也笑着附和。

爸爸说："我今天开着货车把首尔市里的蔬菜店都转了一遍，就当是考察加实习了。"看着爸爸妈妈微笑的样子，光辉也放心了。

"我们家儿子最近过得怎么样啊？"

光辉正要进卧室呢，爸爸这么一问，光辉突然想起来有话要跟爸爸说了。

　　"啊，对了，爸爸。你知道《威尼斯商人》吧？"

　　"你是说莎士比亚的戏剧吗？"

　　"嗯，当然知道，爸爸上高中时还跟真洙叔叔一起表演过呢。"

　　"是呀。说起戏剧，现在想想那都是多少年前的事了。"

　　爸爸仿佛突然沉浸在了回忆里，轻轻地闭上了眼睛。这段时间爸爸一直很忙，光辉一直没找着机会跟爸爸提起莎士比亚叔叔的事情。

　　"文具店的叔叔说他是《威尼斯商人》的作者。"

　　"这孩子，说什么呢？那个人难道叫莎士比亚吗？"

　　妈妈无语地看着光辉。

　　"嗯，那个叔叔确实叫莎士比亚。所以店名就叫'莎士比亚文具店'。"

　　"威尼斯商人……真是好久没听过这几个字了。

那时，不管是真洙那家伙还是我，我们真的都非常努力地表演过呢！孩子妈，你还记得吧？"

"呵呵，怎么可能不记得？我上女高的时候，不就是因为去看戏剧才喜欢上你的嘛。"

"是吗？哈哈！我们什么时候带着光辉一起去看戏剧吧！"

爸爸妈妈一点都不关心文具店叔叔是不是莎士比亚，反而完全沉浸在了过去的回忆里。

不管怎样，家里的气氛又再次活跃起来也是值得庆幸的。光辉打着哈欠走进了卧室。

和爸爸同撑一把伞

台风虽然可怕，但很快就会过去

　　星期一，从午饭时间开始就淅淅沥沥地下着雨，快放学的时候突然变成了瓢泼大雨。

　　"怎么突然下这么大啊？我没带雨伞，这下子麻烦了！"

　　"早知道这样，就带着储物柜里的雨伞了。"

　　"喂，带上我吧！"

　　"不行，我的雨伞是单人的。"

　　一下课，教室里到处都是孩子们的打闹声。因为天气预报没说会下雨，所以大部分孩子都没带雨伞。

　　"嗯，妈妈，我在教室等你。"

死党俊英和妈妈打完电话之后看着光辉。

"你怎么办？"

"不用你管了。"

光辉简短地回答完后，打开了手机。

"光辉啊，妈妈有急事，不能去接你了，你爸爸到学校门口会给你打电话的。"

妈妈发来了短信。

"拜拜，我先走了。"

"我也走了。"

孩子们一个接一个地走出了教室。俊英也走了。教室窗户外面，凄冷的雨水哗哗地下着。

"光辉——"

爸爸在走廊窗户外面喊着光辉。光辉一回头就看见爸爸穿着蓝色工作服别扭地招着手。光辉赶忙背上书包朝走廊走去。

"妈妈呢？"

光辉一边打着爸爸递过来的雨伞走过操场，一边问道。

"嗯，你姨妈可能快要生宝宝了，妈妈陪她去医

院了。"

"太好了，我要有表弟或表妹啦！"
光辉开心地说。

爸爸把光辉偏到一边的雨伞给扶正。

"这样打才不会被淋到。"

"嗯，谢谢爸爸。"

光辉用手抖掉左肩膀上的雨水，瞥了一眼爸爸的雨伞。爸爸还是第一次来学校。

"要一起撑伞吗？"

爸爸看了看光辉，温柔地问道。光辉收起自己撑着的伞，走到爸爸身边。一把雨伞也足够两个人一起挡雨了。

"我们家儿子的学校原来是这个样子的啊！"

爸爸和光辉撑着同一把雨伞，边走边惊奇地环顾着操场四周。

"光辉，慢走啊！"

在校门口，俊英朝光辉挥着手。光辉也昂首挺胸地挥了挥手。和爸爸一起撑一把伞走过操场，不知为什么，光辉感觉好像腰杆挺直了，底气十足。

"走那边吧！"

爸爸突然牵着光辉的手带着他走进了胡同里。

"爸爸，你把车停在哪里了？"

光辉环顾了一下四周，学校门口也有停车的地方，爸爸却把车停在了离学校很远的胡同角落里。

"我是怕你的朋友们看见了，让你觉得丢脸。"

爸爸难为情地打开了车门。老旧的货车车身上印着卖蔬菜的广告词。

"我一点也不觉得丢脸。"

光辉小声嘟囔着，坐上了货车。刚才他还没什么感觉，爸爸说了那句话之后，他突然有点伤感。

爸爸帮光辉系好了安全带：

"不舒服吧？系上安全带吧。"

货车比轿车座椅高，确实有些不适应，但不会明显觉得不舒服。货车刚出发，雨刷就开始摆动了。爸爸辞职以后，把他原来开的轿车卖掉，换成了这辆连后排座都没有的货车。

"稍微再等一等，爸爸一定能开着更好的车来接你。"

爸爸欢快地说道。光辉的眼眶湿润了。

"下课之后我来接你。"

爸爸停下车看着光辉。已经到了补习班门口了。

这时，一滴眼泪最终还是不争气地从光辉眼睛里流了下来。

补习班的课结束了，光辉出来才发现，原来雨不知什么时候已经停了。晚上，真洙叔叔邀请光辉一家人在小区里的一家碳烤排骨店吃晚饭。

"光辉啊，多吃点！"

真洙叔叔把肉放到烤盘上。

售新鲜蔬菜　　全年无休

"放那我来烤吧！"

"出来吃饭，这种事情就应该是男人来做。弟妹你只管好好吃就行了。"

妈妈想把夹子拿过来，真洙叔叔摆手拒绝了，还让光辉多吃点。

"那我开吃了。"

光辉说完，夹起一块肉津津有味地吃了起来。又嫩又甜的烤肉仿佛在嘴里融化了一般。

"来，喝一杯。"

"嗯！"

爸爸听完真洙叔叔的话，马上点点头，放下筷子，端起酒杯。

"为了光辉一家的幸福，干杯！"

爸爸和真洙叔叔端着烧酒杯，光辉和妈妈端着饮料，轻轻地碰杯。

爸爸只顾喝酒，基本没怎么吃东西。

"你也吃点肉啊！"

妈妈夹了几块肉送到爸爸面前。

"现在干得怎么样啊？"

"就那样吧，本来也都不太景气。"

爸爸含糊其词地回答着。

"也不能一口吃成一个胖子不是吗？现在只是开始，慢慢会好起来的。"

真洙叔叔一边鼓励着爸爸，一边给他倒上了酒。

"光辉啊，让爸爸和真洙叔叔再聊会，我们先走吧。"

妈妈看了看爸爸和真洙叔叔，向光辉提议道。

"要不下次再约？今天我也有点累了。"爸爸趁机说道。

"这样也好。我们都回去休息吧。"

真洙叔叔点点头。爸爸明显喝高了，说话时舌头都不太听使唤了。

"走吧，朋友。"

爸爸拍了拍真洙叔叔的肩膀，和真洙叔叔走在了前面。光辉和妈妈并肩跟在后面。

"加油！"

"一定会的。"

"暂时的困难算不上什么，很快就会过去的。"

"当然，当然。"

不管真洙叔叔说什么，爸爸都一边重复着一边点着头。妈妈静静地看着爸爸的背影，紧紧地抓着光辉的手。同时还故意放慢了脚步。

随着距离越拉越远，光辉就只能看到爸爸偶尔点头的样子了。

光辉觉得爸爸今天看起来格外令人心疼。爸爸喝醉酒之后声音比平时小了许多。其他大人喝醉了以后都是声音更大，爸爸正好相反。

"我是怕你的朋友们看见了，让你觉得丢脸。"

白天爸爸来学校接光辉时说的话，深深地刺痛了光辉的心。在光辉眼里，佝着背走在前面的爸爸看起来像是世界上最辛苦的人。

妈妈说，姨妈生了个漂亮的女儿，本来也是希望二胎生个女儿，这下愿望成真了，一家人都非常高兴。光辉心想，就像姨妈在生漂亮的女儿之前有过痛苦一样，对爸爸来说，现在的辛苦也是好日子到来之

前的痛苦吧。

"不用太担心。都会好起来的。"

在小区门口，真洙叔叔拦下一辆出租车，对妈妈说道。

"光辉，下次再见！"

叔叔跟我们一一告别后，坐上了出租车。

"谢谢你，朋友！"

爸爸一边比画着让叔叔快走，一边轻轻地挥着手。

第二天，光辉又去了莎士比亚叔叔的文具店。

"咦？"

光辉本来想打打游戏的，可是发现游戏机上写着"故障"两个字。

"要修好还需要很长时间。别一直站在那儿了，进来等吧。"

莎士比亚叔叔在文具店里招呼着。

光辉走了进去。不知叔叔是不是在写作，墨水瓶打开着。

"您最近在写什么作品呢？"

光辉问道。

"嗯，就是人们日常生活的琐事。"

叔叔拿过来两杯牛奶，递给光辉一杯。

"台风虽然可怕，但很快就会过去。"

光辉慢慢喝着牛奶，视线锁定在了《李尔王》的海报上。

"发生什么事了吗？"

莎士比亚叔叔直直地盯着光辉。光辉什么话也没说，只是摆弄着牛奶杯。

"不想说就不说，没关系。"

莎士比亚叔叔温柔地说道。光辉突然有了倾诉的勇气。

雅典的泰门

LAURENCE OLIVIER

李尔王

台风虽然可怕，但很快就会过去。

哈姆雷特

"我们家说不定会破产。"

光辉把这段时间发生在爸爸身上的事都告诉了叔叔。

"你很担心吗？"

莎士比亚叔叔目光深远地看着光辉，然后用手指了指海报上的句子，

"你知道那句台词是在什么情况下说出来的吗？"

光辉想了想，叔叔很快接着解释道：

"统治英国的李尔王有三个女儿。大女儿和二女儿只是表面上为父亲着想，实际上内心非常贪婪。但年老的李尔王愚昧无知，无法分辨出哪个女儿是真的善良。最终，他被两个贪婪的女儿欺骗，把国家分成了两个，分别传给了两个女儿，而真心爱他的小女儿却什么都没得到，反而被驱逐出国。然后，你知道后来怎么样了吗？"

"他们后来怎么样了呢？"

"李尔王本来以为自己可以在两个女儿的国家之间来回住住，一辈子被女儿孝顺着呢，结果，两个女

儿不仅不理睬父亲，后来甚至想杀死他。深受打击的李尔王半夜徘徊在狂风骤雨的野外，这时，跟在他身边的只有劝告过他的小丑和一名部下。暴风雨咆哮着，李尔王看到小丑害怕的样子，安慰他时说的就是这句台词，意思是说有伤心的事，就一定也会有高兴的事。不管是多么糟糕的情况，也不会一直持续下去的。

"李尔王后来怎么样了？"

光辉仍然注视着海报，朝叔叔问道。海报上画着一位老人，正抱着死去的女子痛哭。

"小女儿成了法国王后之后，带人来救父亲，结果两个国家卷入了战争。听说在那场战争中，两个贪婪的女儿一个死了，一个自杀了。"

"那李尔王又重新掌管英国了吗？"

莎士比亚叔叔听到光辉的问题后，默默地摇了摇头。

"最后的结局以悲剧收场。在战争中，因为法国战败，小女儿最后以背叛国家的罪名被处决。李尔王这时才追悔莫及，跟随深爱的女儿一起去了天国。"

叔叔稍微停顿了一会儿，接着解释道：

"其实，那句台词也是我的经验之谈。"

"你是说台风那句台词吗？"

"对。那还是我离开家乡去大城市找工作时候的事情了。有一天，我住在一家盗贼聚集的旅馆里，半夜的时候我在睡梦中听到他们窃窃私语地说要杀了我。我顿时觉得眼前一片漆黑。可是光害怕也不会天降救兵。我拼死逃出了旅馆。为了活命，那时候我所能做的就只有逃跑。我拼命地跑啊，跑啊，不知不觉就跑到了安全的地方。"

莎士比亚叔叔说完，亲切地看着光辉：

"这件事让我体会到，周围的环境越恶劣，越要尽最大努力做好自己的事情。所有的困难都会过去的。"

光辉走出文具店，心里闪过很多想法。爸爸并不是主动辞职的，是因为公司状况不好，不得已才辞职的。家里的困难也是从那时候开始的。不过，坚持了那么久，现在该轮到好事发生了。

"台风虽然可怕，但很快就会过去。"

光辉想告诉爸爸一定要记住这句话，再坚持一下。

想快快长大
眼见未必就是全部

　　早上，光辉迈着沉重的步子去上学，突然有人从前面嗖地过去了。是朱诺！

　　"为什么朱诺跑得那么快呢？"

　　光辉看着慌慌张张跑过去的朱诺的背影，好奇地想着。进入五年级之后，他们被分到了不同的班级。离早会时间还早，发生什么事了吗？忽然，光辉大喊起来，原来朱诺被花坛边上突出来的石头绊了一下，摔倒了，书包里的学习用品一股脑儿全摔了出来。

　　"哎呀，朱诺！"

　　光辉忘记了两人之间有隔阂这件事，迅速跑上前

去关心地问道，

"没事吧？"

朱诺好像有点儿害羞似的摇了摇头：

"谢谢你，光辉。"

听到朱诺叫了自己的名字，光辉原本郁闷的心情好像一下子变得畅快了。光辉和朱诺并肩走着，光辉先问了问多利的近况。

"多利最近还好吗？"

多利是朱诺家小狗的名字。

"嗯，昨天还吃了猫粮呢。"

"什么，真的吗？"

"嗯，叔叔带着小猫过来玩，给了它一点猫粮，它居然都吃了。"

朱诺兴奋地说着。以前去朱诺家的时候，多利总是摇着尾巴高兴地迎接光辉。

"好想见见多利啊！"

"那你周六要不要来看看它啊？"

朱诺问道。

"好呀！"

光辉用力地点了点头。

"我前不久在那边遇到不良土豆三人帮了。"

"真的吗？他们欺负你了吗？"

朱诺眼睛瞪得大大的，看着光辉。光辉把那天发生的事情都讲了一遍。

"我当时应该在你身边的！"

光辉看着朱诺拳头紧握生气的样子，心情好多了。朱诺果然是他最好的朋友。

"那个，那天……"

朱诺吞吞吐吐地开了口，

"我先说对不起吧！"

就在光辉犹豫该说些什么的时候，朱诺接着说道：

"你和玩具店老板争辩的事我听说了。"

"抱歉，我都没帮上忙。"

"别这么说，谢谢你，光辉。"

"没事。"

"对不起"三个字太难以开口，光辉最终还是没有说。不知不觉已到了教室门口。光辉和朱诺脱下鞋，换上了拖鞋。

"一会结束了我去你们教室找你！"

"好！"

光辉和朱诺用力挥着手朝各自的教室走去。

"我亲爱的儿子！爸爸妈妈都相信你，自己一个人也可以做得很好。"

冰箱门上贴着妈妈留的字条。妈妈从一个星期以

前就开始和爸爸一起送外卖了。进入腌泡菜的季节之后，店里的生意也开始忙碌起来。

"你要是不让我跟着去的话，我就去餐厅干活，你看着办吧。"

爸爸觉得活儿太重了不想让妈妈去，但妈妈坚持要去帮忙，爸爸束手无策，不得不答应。

每天晚上，光辉看到爸爸妈妈回来时疲惫的样子都很心疼。爸爸妈妈周末无休，每天都到店里去干活。光辉心想，时间要是能快一点，十年一眨眼就过去该多好。等我长大了，就可以帮助爸爸了，这样妈妈也就不用出去工作了。

光辉本来想写作业的，打开抽屉看见了水彩。明天美术课要用的颜料基本都快用完了。素描纸也只剩下一张了。以前，妈妈总是提前发现并买好，最近妈妈太忙了，没有时间给他准备学习用品了。

光辉从妈妈放在客厅桌子上的钱包里拿了钱，朝着莎士比亚叔叔的文具店走去。

"你来得正好。你说你爸爸上学时候演过戏剧，对吧？"

"是的。"

莎士比亚叔叔好像正在等着光辉一样，高兴地迎接着光辉。

"这是下个月要上映的戏剧。"

叔叔递过来《威尼斯商人》的戏剧邀请券。

"我们什么时候带着光辉一起去看戏剧吧！"

光辉想起了爸爸无比兴奋地讲述往事时的表情和

当时的提议。光辉一次都没有去过剧场，所以非常好奇。但看到戏剧票后，他的情绪马上又低落起来。

爸爸妈妈能有时间去吗？从最近家里的情况来看几乎是不可能了。

"谢谢。"

光辉没精打采地接过票。

"怎么了？你不想去吗？"

莎士比亚叔叔问道。

"不是的。"

光辉把家里的情况一五一十地告诉了叔叔。

"最近妈妈也和爸爸一起去工作了，好像很难一起去看戏了。"

现在妈妈应该正在搬着重重的蔬菜箱子。光辉一边说一边想象着，重重地叹了口气。

"我也可以帮爸爸干活的……"

"你是担心妈妈太累了才这样想的吗？"

莎士比亚叔叔轻轻拍了拍光辉的肩膀。

"光辉，你觉得女人比男人柔弱是吧？"

"嗯。"

"哈姆雷特中有类似的台词。'弱者啊，你的名字就是女人！'但还有另外一句台词，'为女则弱，为母则刚。'柔弱的女人在子女面前也可以发挥出不可想象的无穷力量。你还是个孩子，还需要在父母的保护下成长。以后，等你长大了，好好孝敬父母，这才是对父母恩情的最好报答。明白了吗？"

"嗯。"

"还有，如果爸爸妈妈没时间和你一起看的话，不是还可以跟你的朋友一起去看吗？"

莎士比亚叔叔把戏剧票塞进光辉手里。看着叔叔温暖的笑容，光辉的心情轻松了许多。这时，他的视线突然被《奥赛罗》的电影海报吸引了过去。

"名誉不过是徒增累赘罢了。"

在一位身穿盔甲的将军旁边写着这样的句子。

"这部电影在韩国上映过好几次了。啊，你年纪还小，应该没看过。"

莎士比亚叔叔说道。

"是什么样的内容呢？"

叔叔开始亲切地回答光辉的问题。

"奥赛罗是位勇敢的将军。尽管他在战场上立功无数，但身为黑人，他的内心还是很自卑。他的妻子是一位漂亮、善良的白人女子。奥赛罗因为自卑，始终无法相信他的妻子。所以，他误会妻子和白人副官之间有私情，最后因为嫉妒失去了所有。

海报上写的台词是毁灭了奥赛罗的手下说的。奥赛罗表面上是一个视名誉重于一切的军人，但内心却是一个自私又充满嫉妒的人。其实，人们所谓的对名誉的看重不过是虚荣心罢了，这些人表面勇敢而坚强，实际上一点点小小的刺激也能让他们崩溃。"

"这也是以前的故事吧？"光辉问道。

"嗯，怎么了？"

叔叔被光辉突如其来的问题问得愣住了，直勾勾地看着光辉。

"真是不知道为什么以前的人都这么愚蠢！李尔王也是这样。"光辉感慨地说。

"只有以前的人是这样吗？"

莎士比亚叔叔露出了慈祥的笑容。

"不是吗？"

"为了所谓的体面、自尊，或是一味地要和别人

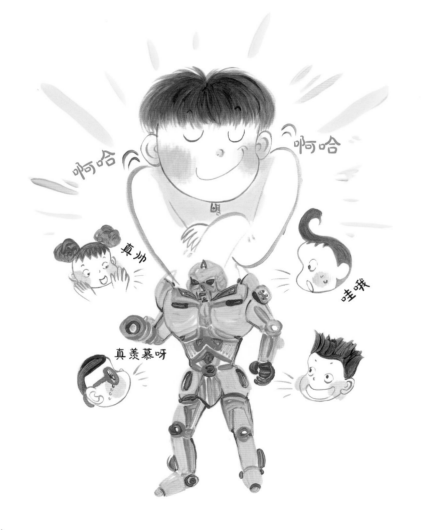

比较而逞强，到最后又追悔莫及的人，不管是在现在还是在以前，都屡见不鲜。"

光辉仔细想想，叔叔说的确实如此。就光辉自己而言，也曾为了拥有比其他孩子更好的玩具，把一个月的零花钱全花光了，事后又非常后悔。

"叔叔，请帮我拿份彩纸。"

"素描本在哪里？"

突然一下子进来四个孩子，要买各种各样的东西。最近，莎士比亚叔叔的文具店生意很好。光辉突然感觉肚子有点饿，便走到了外面。

"咦？"

光辉走出文具店后，看到眼前的景象，惊讶地睁大了眼睛——美露正在小吃摊那边。

"怎么办啊？"

光辉的心突然开始怦怦直跳。

"如果我去她旁边坐的话，她会不会讨厌我呢？"

光辉一时间陷入了迷茫。再回文具店吗？还是回家呢？想着想着，他的目光和小吃摊的大妈相遇了。

"你要吃什么呀？"

小吃摊的大妈把炒年糕递给美露，然后看着光辉。

"什么？"

"你不是来吃东西的吗？"

"呃……不是的。"

光辉脸上火辣辣的，漫无目的地又走进了文具店。透过玻璃窗，他看见美露拿着炒年糕往大路那边走了。

"男孩子红着个脸，跟个傻瓜似的，像什么样子！光辉，原来你喜欢美露啊？"

莎士比亚叔叔笑眯眯的，好像什么都懂似的。

"不是……"

光辉不好意思了。

"你喜欢美露什么呢？"

"就是喜欢啊。"

光辉无可奈何地回答着。

"什么都喜欢吗？"

尽管莎士比亚叔叔问的问题让光辉不知该怎么回答，但奇怪的是，这次光辉并没有觉得心情不好。叔叔带着一副"你不用说我也全知道"的表情，慢慢地点着头，接着问道：

"但是你为什么连话都不敢跟她说呢？"

"她有可能会讨厌我啊。"

叔叔看着光辉没精打采的表情，悄悄地说道：

"给你讲讲我的初恋吧。"

"好！"

"你先坐这儿。"

叔叔指着收银台旁边的椅子。

"我的初恋叫安妮·海瑟薇。我第一次去剧场看戏的时候遇见了安妮。我见到她的第一眼，就爱上了她。安妮的父亲是个非常富有的农场主。相反，我是个穷光蛋，而且也没上过几天学。我也没份像样的工作，只是在乡下的一个小律师事务所里打杂。"叔叔娓娓道来。

"那应该只是单恋了吧？"

"你也觉得我们不合适吗？"

叔叔看着光辉，微笑着。光辉还真是无法否认，不过他没有回答，只是等着叔叔接着讲下去。

"周围的人也都那么认为。一开始，我只能独自痛苦着。尽管我喜欢她到无法自拔，但终究是没有表白的勇气。不过，就算不可能，我也无法轻易放弃对安妮的感情。"

"可怜的莎士比亚叔叔！因为贫穷，都无法好好爱一个人。"

光辉心里很不是滋味。

"但是，最终我们还是结婚了。"

"什么？"

光辉瞪大了眼睛，有点怀疑自己听错了。

"你们结婚了？"

光辉又问了一遍，叔叔非常肯定地点点头。

"你是怎么做到的呀？"光辉惊喜地问道。

"后来我才知道，原来安妮也喜欢我。"

"你是怎么知道的？"

"我表白之后就知道了呀！"

叔叔的脸上洋溢着非常幸福的表情。

"在向安妮表白之前，我也苦恼了很久。如果表白之后被拒绝，可能一辈子都无法再见到安妮了，我也很害怕。但我最终还是鼓起了勇气。与其连一句话都没说上而后悔一辈子，还不如下定决心向安妮表达我的心意。你知道我表白的那天，安妮对我说了什么吗？"

"她说了什么呢？"

"她说她也一直都喜欢我。"

"哇！"

光辉听了叔叔的话之后也跟着兴奋起来，不知不觉音量都提高了。

"光辉啊！"

叔叔再次一脸认真地看着光辉，

"你还记得我之前给你讲过的'仲夏夜之梦'这部喜剧吗？"

"嗯，叔叔你真的是个天才！"

光辉点着头，叹服地看着莎士比亚叔叔，怎么才能编出那么有趣的故事呢？

"这就是现在我想对你说的：'眼见未必就是全部。'美露如果知道你的心意，说不定也会说喜欢你的。拿出你的勇气，光辉。把你的心意表白出来，之后再逃跑也不迟。"

莎士比亚叔叔真诚地补充道。

"您是说美露也会喜欢我吗？"

仅仅是想一想，光辉都感觉要飞起来一样。窗外灿烂的秋日阳光洒下来，光辉的心情也像阳光一样明朗了起来。

之前因为自己主动靠近示好，所以才和朱诺和解了。叔叔说的那句"眼见未必就是全部"不停地在光辉的脑海里回响。他下定决心，下次再见到美露，一定要鼓起勇气。

有梦想很重要
谁能说明自己是谁

朱诺在全国小学生数学竞赛中获得了优秀奖。全校师生都沸腾了。

校长通过校内广播宣布了这个好消息，对朱诺赞不绝口，说他为天空小学增光添彩，是学校的骄傲。光辉的班主任每次早会时，也都会称赞朱诺。

"真羡慕你，朱诺！"

"金朱诺真棒！"

朱诺不管走到哪里，都会得到周围同学的称赞。

这就是人们常说的一夜成名吧。

"我最讨厌数学了。"

俊英又羡慕又头疼地说。

和擅长数学的朱诺不同，光辉的数学成绩简直糟糕极了。说他倒数第二，没人敢称倒数第一。不只是数学，他都五年级了，还从来没有在学习方面得过什么奖。光辉心想，不管怎么说，朱诺得了奖，作为朋友应该为他祝贺才对，但心里有些嫉妒也是真的。实话实说，就是既羡慕又嫉妒。

"真羡慕你得奖了。我最讨厌数学了。"

走出校门的时候光辉对朱诺说。

"怎么连你也这样说啊？"

朱诺不好意思地笑着。

"你明明很开心的嘛！"

光辉敲了下害羞的朱诺的肩膀。心想幸亏这是在两人和解之后发生的事情。如果两个人关系生疏的话，别说祝贺了，肯定会更嫉妒了。

"你的作文写得那么好，真让我羡慕呢。"

朱诺回头看着光辉。

"呵呵，一般吧。"

光辉也羞红了脸。他在语文课上确实是因为作文写得好而被夸奖过。老师说，因为光辉把担心爸爸的心情很好地表现在了作文里，所以很容易感染读者。

"你去参加作文比赛吧。"

"别开玩笑了。"

虽然嘴上这么说，但光辉听了之后心情挺不错的。

"一会儿家里见。我得去上英语补习班了。"

朱诺挥着手坐上了去补习班的班车。两人约好了等朱诺回家后去看多利。

"我们家孩子经常来这里跟叔叔聊天，后来参加作文比赛还得奖了，呵呵呵呵！"

光辉刚走进莎士比亚文具店，就听见一个大妈和莎士比亚叔叔聊得正起劲儿。

"我们家孩子看来是随我，还有点写作天赋呀，我上女子高中的时候在文学班里还写过诗呢，呵呵！"大妈一脸自豪地说道。

"啊，是吗？您很了不起哦！"

"我那时非常喜欢写作。"

莎士比亚叔叔刚附和完，大妈又没完没了地讲开了。今天也没什么顾客。

"光辉来了呀！"

叔叔跟光辉打了招呼，又转过身同大妈聊了起来。也不知道大妈是来炫耀的，还是来买东西的。过了这么长时间了也不打算走。

"怎么去哪儿都是在说得奖的事？叔叔，除了这种胶还有其他的吗？"

"哦，旁边还有。"

"打印纸呢？"

"在这呢，要拿给你吗？"

"不用了，我就是问问有没有。"

光辉耍着心眼，故意不断地跟叔叔搭话。

"谁能证明自己到底是谁呢？"光辉默读着海报上的文字，只见海报上的老李尔王手持长剑怒视前方。

"有什么不开心的事情吗？"

等大妈走了之后，叔叔才来到光辉这边。

"叔叔，那句话是什么意思啊？"

光辉没有回答叔叔的问题，反而指着海报，向叔叔问道。

"光辉，你能说明一下我是谁吗？"

"什么？"光辉愣了一下。

"在你眼里，我这个叔叔是个什么样的人呢？"

莎士比亚叔叔神秘地笑着。

"叔叔是位有名的作家。"

"还有呢？"

"是英国人。"

"还有呢？"

"还是这个文具店的老板吗？"

"这就是全部了吗？"

叔叔一直追问着，笑容令人捉摸不透，光辉盯着他，真不知道叔叔到底想听到什么样的答案。

"那，这次反过来试试。"

叔叔接着说道。

"我认识的光辉是个男孩，天空小学五年级学生。"

叔叔说到这儿之后，认真地看着光辉，然后问道：

"但这应该不是你的全部吧？"

"嗯，这个吗……"

光辉想不出该说什么，支支吾吾地回答着。不知为何，他感觉这样的自己有点愚蠢。

"我们先来回忆一下李尔王的故事吧。李尔王曾经也是个严谨而充满智慧的国王。但上了年纪之后，变得孤僻又顽固不化。而且在被信任的女儿抛弃了之后，因为愤怒而完全失去了理智，变成了一个可怜的疯子。最后清醒过来的时候，李尔王感叹着自己是世上最没出息的父亲，也是使国家陷入混乱的最无能的国王，他陷入了无尽的自责之中。这其中，到底哪一面才是真正的李尔王呢？"

"我也不知道。"

光辉诚实地回答道。这时，叔叔一拍膝盖喊道：

"对了！这就是答案！"

"什么？"

"'不知道'就是正确答案。"

叔叔看起来并不像是在开玩笑。

"其实，我也无法准确地说明我自己是谁。因为人并不是出生时是什么样就永远是什么样的一种生物。更何况是别人呢，我们怎么能了解他人的一切呢？"

叔叔停顿了一会儿，好像突然想起什么似的看着光辉。

"我跟你讲过，我和安妮结婚之后，曾经在剧场当过一段时间的马夫吗？"

"没有。"

光辉第一次听说这事儿。

"那是我刚去伦敦没多久的时候。"

莎士比亚叔叔接着讲他的故事。

"第一次在家乡看了戏剧后，我仿佛打开了新世界的大门，从此就梦想自己可以演戏剧。与安妮结婚后，这个梦想也不曾消失。所以，我把她和孩子留在家乡，自己去了大城市伦敦。因为我当时相信去那里可以获得演戏剧的机会。"

"所以您当了戏剧演员了吗？"

莎士比亚叔叔静静地摇了摇头。

"一开始就不太顺利。因为我没有登台演戏剧的经验，也没有上过教演戏的学校，所以不管哪个剧团都不肯接收我。后来我看到有个剧团招聘配角演员的广告。配角就是类似于群众演员的角色。所以我马上找到经理，缠着他收下我，哪怕是群众演员也没关系。但对于我这样的乡巴佬来说，当个群众演员也难于登天。"

"然后呢？"

"然后我始终不放弃，一遍遍地缠着经理，最终他才同意我从剧团的马夫做起。在这个过程中，偶尔有哪个群众演员临时有事，或者是缺临时演员的时候，我就可以登台演出。不是那种有台词的，即使有，也就顶多一两句。但那对我来说却是金子一般珍贵的机会。因为亲自上台演出之后，才能更清楚地了解所谓戏剧是什么。当时有人取笑我，说我这辈子估计也就是喂喂马，洗洗马车，偶尔上台当个群众演员了。不过，我不管别人怎么说，只要有上台的机会我就非常努力地工作。而且，一有时间我就读书。因为我相信，我的人生并不止于此。"

莎士比亚叔叔说完后，真诚地看着光辉：

"谁也不知道自己未来会成为多么伟大的人，不管怎么样，有梦想才是最重要的。就算遇到挫折和困难，也千万不要气馁。"

霎时，光辉感觉心头一热。

"我现在非常期待你将来会成为什么样的人哦。"

莎士比亚叔叔仿佛看穿光辉内心的想法一样，灿烂地笑着。

在去朱诺家的路上，光辉正巧碰到美露从远处走过来。他先深呼吸了一下。

"今天一定不要再表现得像个傻瓜了。"

他想起了之前莎士比亚叔叔说过的话，决定先表白自己的心意，然后再逃跑也不迟。

"你好，美露！"

在与美露视线相对的一瞬间，光辉先摆摆手打了招呼。

"哦，你好！"

美露有些害羞，犹豫着跟光辉打了招呼。光辉既然已经迈出第一步了，就鼓起勇气正式做了自我介绍。

"我是天空小学的崔光
辉。我们曾在同一所幼儿园上学，你还
记得吗？"

"嗯，当然记得了。我是海洋小学的金美露。"

原来美露也记得啊！光辉看见美露点头的样子，
不知不觉咧开嘴笑起来。

"我刚去了趟文具店，你要去哪儿？"

"我也要去文具店。"

"莎士比亚文具店吗？"

"嗯。"

光辉说到这之后就没话可说了。

"我不该说已经去过文具店
了。"光辉暗自后悔。

"请她吃杯炒年糕，然后跟她
说一起过去吗？"

"要不问问她明天还来不来？"

"还是直接和她说想和她做好朋友？"

短短的时间里，光辉的脑海闪过许

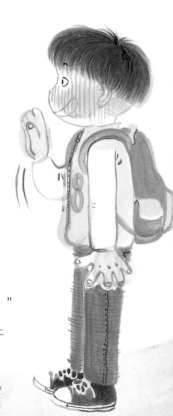

多种想法。因为毫无准备地就遇见了，所以光辉有些不知所措，觉得口干舌燥的。他为难地站了一会儿，美露先开口了。

"那你慢走啊。"

"嗯？"

光辉一脸呆愣地看着美露。

美露看着文具店的方向小声地说道：

"我要去买橡皮擦啦。"

"嗯，好，慢走。"

"再见。"

"再见。"

美露再次摆摆手，一蹦一跳地朝莎士比亚文具店跑去。

"哎哟，笨蛋！"

光辉感觉有点遗憾，也有点埋怨自己，但此时的心情好像可以马上飞上天一样。反正，从现在开始，再见到美露时就可以大方地打招呼了。

"所以，你们两个已经是好朋友了吗？"

朱诺好奇地问道。

"你别夸张了！"

光辉一边责怪着朱诺，一边嗤嗤地笑着。不过，朱诺的问话听起来还是很舒服的。就像莎士比亚叔叔说的，人与人之间的事谁都说不准。

"所以，打算什么时候见父母呢？"

"什么？"

"我是说金美露小姐。"

朱诺模仿电视剧里大人说话的样子。

"别搞笑了！"

光辉实在是太无语了，苦笑了一下。朱诺不知是不是觉得这样很有趣，变本加厉起来了。

"就算你父母同意了，美露小姐的父母要是反对的话你怎么办？"

"别再胡说八道了。"

"罗密欧与朱丽叶不就是那样吗？"

"哎呀，我真是没法活了！"

光辉用一只胳膊勾着朱诺的脖子来了个锁喉。

"知道了知道了，我不说了。"

朱诺投降了，在一旁摇着尾巴的多利突然叫了起来。

"你看，它以为你在打我，就发飙了！我们多利果然是只忠犬呀！"

多利平时跟光辉也很亲近的，但是只要他表现出对主人不好，它的态度立马就变了。

"我不动他、不动他了。多利，你这个小气鬼！"

光辉有些伤感地瞥着多利。

"要是其他人的话，多利早就扑上去咬了吧？"
朱诺安慰他。

"那也不看看我们感情多深！"光辉瞅着多利说道。

多利好像知道在说自己似的，眼睛也直勾勾地看着光辉。从另一方面来看，这个一心保护主人的小家伙还是很可爱的。

"多利，你不会是讨厌我这个哥哥吧？"

光辉安抚着多利的背，多利好像也感到抱歉似的，又轻轻地摇起了尾巴。

光辉突然想起扎着粉红色丝带、发丝飞舞着跑向文具店的美露。

"美露家里也会有小狗吗？"

光辉有个习惯，那就是只要看到好的、美的、可爱的，都能和美露联想到一起。美露喜欢什么，讨厌什么，最害怕什么？光辉想要问的有很多，想说的话也很多。

"崔光辉。"

"嗯？"

"你要吃泡面吗？"

"嗯。"

"吃吗？"

光辉沉浸在自己的思绪里，敷衍地回答着朱诺。

"问你吃不吃泡面呢？"

朱诺不得不提高了嗓音，光辉这才回过神来。

"不吃了，我得回家吃饭。"

光辉还真有点饿了。虽然很想和朱诺一起吃泡面，可妈妈要是知道了会伤心的。光辉跟朱诺和多利告别之后朝家走去。

"美露喜欢什么食物呢？"

光辉又想起了一个想问美露的问题。

他的脚步从没有像今天这样轻松过。

以后我会成为什么样的人呢？莎士比亚叔叔说有梦想很重要。有梦想的话，我也可以成为像叔叔一样伟大的人物吗？

光辉越想越远，他甚至想象自己成了一个作家。

一想到写着"崔光辉原著"的海报挂在剧场里的情形，光辉就不自觉地笑起来。

说不定女主角有可能是美露呢。正如叔叔所说，以后的事情，谁都说不准。

幸福美好的一天
真实终将战胜一切

"妈妈，需要我帮忙吗？"

星期天下午，光辉的心情非常激动。今天是爸爸妈妈难得休息的日子。

"你只管吃就行了。这段日子，妈妈太忙了，都没能给我们家儿子做好吃的。"

妈妈看起来心情也不错，一整天都笑眯眯的。

"从现在开始，爸爸决定每两周休息一次。"

妈妈还说等爸爸店里生意好了以后，还要招个工人来帮忙。

"来，大家都过来一下！"

妈妈把大家都叫到餐桌旁。他们在家里开起了烤肉派对。

"从现在开始你就在家里待着吧，也多关心关心光辉。"

"我知道了。但我有个条件，忙的话随时告诉我。"

妈妈点点头，把肉夹到爸爸面前。

"知道了。"

"哎哟，你是怕饿着咱家儿子吧？"

爸爸把那块肉又夹给光辉，正好被妈妈看到了，妈妈开玩笑似的瞥着爸爸。

"真是的，知道了。"

妈妈又给爸爸夹了一块肉，爸爸难为情地故意咳嗽着。光辉看着爸爸妈妈和和美美的样子，非常高兴。

"即使辛苦也再忍一忍。一切都会越来越好的！"

妈妈一边说着，一边不停地往光辉和爸爸碗里夹肉。

"嗯，好吃。"

爸爸假装很无奈地将肉放进嘴里，然后看着

光辉。

"真好吃，妈妈！"

光辉有滋有味地吃着烤肉，竖起了大拇指。其他时候虽然也好吃，但今天的味道最好。

"爸爸，妈妈，你们下个星期六有时间吗？"

光辉突然想起昨天莎士比亚叔叔送的戏剧邀请券。

"下个星期六？"

"怎么了？"

爸爸妈妈同时问道。

"莎士比亚叔叔给了我几张戏剧票，想请我们全家一起去看。"

光辉把口袋里的戏剧票掏出来给爸爸妈妈看。

"听说爸爸高中时演过戏剧，叔叔就说想把票送给爸爸作礼物。"

爸爸听了光辉的话之后，稍微思考了一下，开口说道：

"真是位值得感激的人呀！但是，光辉啊——"

"嗯。"

"对不起，我下次再和你们一起去看吧，这次你和妈妈两个人一起去。"

"为什么？"

"爸爸最近太忙了，实在抽不出空来。"

"怎么办，那天我也有个重要的聚会。"

一直在旁边听着的妈妈也是一副为难的表情。

"莎士比亚作品中适合小学生看的并不多呀，要不你和朋友一起去看吧。"

爸爸看着光辉建议道。

"嗯，好吧，我去问问我的朋友们。"

"爸爸会单独联系文具店叔叔向他致谢的。"

光辉一听到爸爸说要联系莎士比亚叔叔，跟他打招呼，非常高兴。这段时间，爸爸对莎士比亚叔叔完全不关心，根本都不相信文具店的叔叔是《威尼斯商人》的作者。以后见到面，爸爸如果知道叔叔就是这么厉害的人，肯定会非常惊讶的。

邀请券有3张，演出时间是下个星期六。不能跟父母一起去看，光辉感觉有些遗憾。因为这是莎士比亚叔叔写的剧本。之前他只是听说过《威尼斯商人》，现在可以亲眼看到戏剧版的，简直太幸运了。

现在他得决定和谁一起去看了。

光辉最想约的当然是金美露了。

"然后是朱诺？还是美露的弟弟智友呢？"

偏偏邀请券只有三张，这就让光辉有点犹豫不决了。

"是生存，还是毁灭，这是个问题。"

光辉忽然想起了在莎士比亚叔叔的文具店里看到的话。这是《哈姆雷特》里的台词。光辉现在的心情用这句话来表达正合适。

"是朱诺，还是智友，这是个问题！"

选择朱诺的话，会伤了智友，选择智友的话，又会伤了朱诺。

"光辉！"

第二天，上学路上，光辉正好在校门口遇见了朱诺。看到笑容灿烂的朱诺后，光辉感到有些愧疚。他竟然想为了美露而背弃朱诺，之前倾向于智友的天平一下子又倒向了朱诺这边。

"朱诺啊，你下个星期六打算干什么？"

"下个星期六？"

听到光辉的问题之后，朱诺转了转眼珠开口说道，

"啊，对了！那天是我奶奶的生日，得回乡下。怎么了？"

"天呐！"光辉不知该说什么，

"你要是有时间的话想带你去个地方的呀！"

"哪里？"朱诺好奇地问。

“你不用知道。”光辉没提看戏的事。

他轻松地与朱诺搭肩走了。这至少不算是背叛友谊了。

下课后，光辉以惊人的速度奔出了校门，跑向莎士比亚文具店。

“那你要和谁一起去呢？”

听完光辉的话，莎士比亚叔叔问道。

“我打算找美露问问。”

“嗬，这个想法不错。”

莎士比亚叔叔说道。

“但是不知道美露会不会答应。”

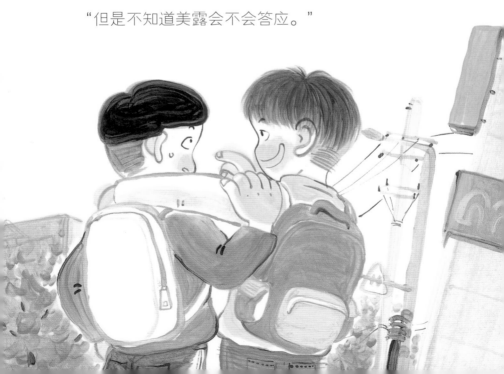

光辉担忧地看着叔叔。

"不试试怎么知道呢，有勇气的人才能赢得友谊。"

叔叔刚说完，美露就走进了文具店。

叔叔朝着光辉眨着眼。

"美露，这是叔叔送的戏票。"

光辉把戏剧票递到美露面前。

"你叫上智友，我们一起去看好吗？"

"嗯，好呀。"

美露欣然同意了光辉的提议，

"我和智友都喜欢戏剧，真是太好了！"

美露还说她来负责零食。

演出《威尼斯商人》的剧场就在离学校不远的地方。

"在中间一排第五个座位。"

剧场工作人员给他们指引了座位的位置。

光辉看了一下演出说明手册，戏剧共分为五幕。

"我的朋友安东尼奥，我有个请求。"

"快说吧，巴萨尼奥！"

第一幕以威尼斯商人安东尼奥和安东尼奥的朋友巴萨尼奥的对话开始。

"我想和鲍西亚结婚。几天之后我要去向鲍西亚求婚，你能借我去那里的路费吗？"

安东尼奥听了朋友的请求之后陷入了苦恼。本来安东尼奥是个富有的商人，但此时，他的生意正好遇到了困难。

"没办法，只能向那个放高利贷的夏洛克去借了。"

安东尼奥实在见不得朋友这么难过，于是就以自己的船作担保向夏洛克借了钱。但夏洛克对平时一直无视自己的安东尼奥怀恨在心。而安东尼奥因为用钱心切，就在借贷合同上签了字。合同上约定，如果到约定期限无法还钱的话，安东尼奥就得从自己身上割下一磅（约0.45公斤）肉。而从人身上割下一磅肉，意味着必死无疑。

"哥哥，什么是放高利贷的人？"

第一幕结束后，中场休息时，智友问光辉。

"以非常高的利息把钱借给别人的人就叫放高利贷的人。"

光辉用手机检索出"放高利贷的人"的意思，读给智友听。听到智友叫自己哥哥，光辉心里暖暖的，十分熨帖，感觉智友就像自己的亲弟弟一样。

"第二幕要开始了，我们进去吧。"美露看了看光辉和智友。

因为安东尼奥的帮助，巴萨尼奥才能去向鲍西亚求婚，并且很快就要结婚了。但不久之后，安东尼奥得到了一个让他深受打击的消息。听说他的船遇上了大风浪，被海水卷走了。

第三幕中，安东尼奥终究没能在约定时间内还钱，而被法庭传唤。一心想报复安东尼奥的夏洛克终于等来了机会，提出要按合同上写的，从安东尼奥身上割下1磅肉。安东尼奥只能乖乖等死了。

"怎么办啊？"

"那个叔叔好可怜！"

看到这里，美露和智友都止不住地流泪，光辉也紧张得手心攥出了汗。但第三幕中，鲍西亚穿着男人的衣服，戴着假发，以审判长的身份登场了。

"既然约定了无法还债时就割掉1磅肉，请一定要遵守约定。"

审判长朗读完判决之后，夏洛克一脸满足地笑着。巴萨尼奥哀求道："不管是比本金多出几倍的钱，我都会还的，请放过安东尼奥的命。"

"哪儿的话，就算是把整个威尼斯都给我也不行。任凭谁的三寸不烂之舌也无法改变我的想法。"

夏洛克拒绝了巴萨尼奥的提议，坚持要按约定割下安东尼奥的肉。

安东尼奥对夏洛克的态度感到十分愤怒，他安慰着朋友，说自己已经做好死的准备了，并补充道：

"我要是死了，请代我向你夫人问好。然后如实告诉她我是怎么死的，我们的友情有多么深厚。如果你的夫人因为你失去一个好朋友而感到伤心的话，那我就不后悔为你所做的一切了。"

安东尼奥结束了最终陈述之后，法庭上哭声一片。但此时打扮成审判长的鲍西亚对夏洛克提出了一个要求："你如果不肯让步的话，那就按约定割下被告的肉

吧。但是，只能割肉，不能流血。如果你割肉的时候，安东尼奥流了哪怕一滴血，你将因杀人未遂罪而被没收全部财产。"

霎时，夏洛克一脸吃了虫子的表情，观众席上响起了雷鸣般的呼声。

"审判长万岁！"

"夏洛克活该。"

　　第五幕中，真相大白了！充满智慧的审判长原来就是巴萨尼奥的未婚妻鲍西亚，同时也传来了安东尼奥的船安全返航的好消息，戏剧演出也随之拉下了帷幕。

　　"谢谢你，光辉，这部戏剧太感人了。"

"哥哥，我也觉得很好看！"

美露和智友一出剧场就叽叽喳喳地说开了。看到这样的情景，光辉高兴极了。这一切都是托莎士比亚叔叔的福。

"我们去向叔叔道谢吧。"

光辉说完，美露和智友点点头。

看完戏剧之后，光辉有两点感触。一是真实终将

扑通！

扑通！

战胜一切。二是莎士比亚叔叔是真正伟大的作家。他通过作品来告诉人们在这个世上智慧生活的方法。好书一定可以给人插上自由翱翔的翅膀。

"我也想成为像叔叔一样伟大的作家。"

一会见到莎士比亚叔叔时，光辉最想说的就是这句话。

"咦？"

来到莎士比亚文具店门前时，光辉、美露、智友都瞪大了眼睛。文具店消失不见了。

"这是怎么回事？"

店门关得紧紧的，招牌也不见了。

"叔叔！"

美露和智友拍打着店门喊着叔叔。光辉有种奇怪的预感。天空中布满了红霞，胡同里空荡荡的。光辉的目光转向了胡同尽头。那里有一个罗马贵族装扮的男子，蓝色的斗篷飘扬着，朝着某个方向走着。卷发，高个子，正是莎士比亚叔叔。

"叔叔！"

光辉高兴地大声喊着叔叔。叔叔也立刻转过头来，嘴角带着慈祥的笑容，静静地挥着手。

"光辉，保重啊。"

叔叔的声音仿佛响彻整片天空。不知从何处飞来的鸟儿成群结队地飞过。这时，叔叔再次转过身，蓝色的斗篷在风中扬起，渐行渐远的身影看起来像鸟儿一样自由自在。光辉久久注视着叔叔消失的那片天空，无法回过神来。

"文具店里什么都没有了。"

美露和智友歪着头，充满疑惑地走过来。

"你们刚才看见莎士比亚叔叔了吗？"

"没看到啊！"

美露和智友被光辉问得摸不着头脑，一脸呆呆的表情。很快暗淡下来的天空中升起了一弯新月。

"再见，莎士比亚叔叔。"

光辉在心里与叔叔告别，抬头看向天空。

叔叔可能为了创作出更好的作品，又去世界其他地方旅行了。

莎士比亚是谁？

翻译家、编辑　金韩率

1.莎士比亚的一生

在父母保护下成长的儿童时代

威廉·莎士比亚，1564年出生于英国埃文河畔的斯特拉特福小镇，父亲约翰·莎士比亚是一位皮革厂老板，母亲玛丽·阿登出身贵族，威廉·莎士比亚在家中八个孩子中排行老三。当时正值伊丽莎白女王初登王位，统治趋于稳定，国家安定，商业繁荣。再加上在斯特拉特福小镇历来就有着生意活跃的大市场，莎士比亚的父亲就在这个市场做着皮革生意，因此家境日益殷实。

母亲玛丽出身贵族，父亲则是小作坊农民的儿子。尽管如此，自信满满、商业天赋卓越的约翰·莎士比亚渐渐受到人们的尊重，身份也从参议员逐渐上升到与议长相似的级别，如果你知道莎士比亚的父亲是个文盲，一定会更加惊讶了。莎士比亚从小受到父母坚实的保护，基本没受什么挫折就成长起来了。

亲眼见到女王的出行队伍

莎士比亚小时候，曾经发生过一件特别的

事。那是1575年的夏天，也就是莎士比亚11岁那年，伊丽莎白女王受雷切斯特伯爵邀请，下榻于凯尼尔沃思城。莎士比亚生活的时代，贵族的出行队伍可以算是小镇值得一看的景象了。这其中，女王的出行队伍当然是无法比拟的盛景了。

女王的出行队伍前面由三百多匹马拉着行李开路，女王和三十多位公爵以及公爵的家眷，还有四百多名宫中随从跟在后面。凯尼尔沃思城并不是平时王族下榻的场所，所以，这次看见女王出行对周围的居民来说，是一生难忘的经历。

当时，已经向女王求婚数次的雷切斯特伯爵把这次接待看作自己最后的机会，用尽了心思。雷切斯特伯爵平时对文化和演出非常感兴趣，他不遗余力地支援剧团演出。这次活动他不仅不惜重金，更是穷其浪漫和想象力。户外剧场、烟花表演、狩猎、化妆队伍、装扮华丽的舞会等，那是一次足以令后世难忘的豪华庆典。

这次庆典给年幼的莎士比亚留下了一生都难以磨灭的深刻印象。虽然，最终雷切斯特伯爵并没有获得女王的芳心，但他创造出来的魅力无穷的景象，却通过莎士比亚的戏剧穿越时代一再得以重现。

 为成为剧作家打下基础

　　莎士比亚从8岁到14岁在文法学校接受教育。那是一所哲学、神学大学的预备学校，主要教授学生拉丁语。当时大部分重要书籍都以拉丁语著成，因此拉丁语的水平成为判断一个人受教育水平的标准。

　　不过拉丁语非常难，不好学。要想用拉丁语写一篇文章需要学习好几年，只有读高年级时才能开始进行翻译。即便如此，有些毕业的学生还是可以阅读简单的拉丁语书籍。而通过莎士比亚的作品，我们就能推测其拉丁语学习得有多么深入。拉丁语的每一个单词的构成都有独特的含义，在这些构词基础上再附加其他意义又会变成其他的单词，而莎士比亚利用这种结构创造出了很多新的单词和表达。

经历人生的光明与黑暗的少年时期

在莎士比亚快毕业的时候，父亲的生意不行了，家境也变得艰难了。其他兄弟都辍学了，只有莎士比亚幸运地从文法学校毕业了。他们都去父亲的皮革工厂帮忙干活。

莎士比亚做过宰杀牲畜和加工皮革的工作，这对他来说，是件无比艰难的事情。当时莎士比亚的父亲真是祸不单行，不仅生意难做，年仅八岁的女儿又过世了，还被村里的议会排挤、被邻居上诉等，那几年，莎士比亚家里就没有什么好事发生。

尽管这样，莎士比亚也时常书不离手。不只是英国的，从各个国家的历史、民间故事、传

说，甚至罗马时代的故事，莎士比亚全都畅读。在充斥着制革的噪声和浓烈燃料气味的工厂中，莎士比亚的思想日益变得深刻起来，想象力也更加丰富。莎士比亚的作品之所以有着独特的生命力，可能就与他那个时期在每天的辛苦劳作中理解了生活的真谛有关。

18岁那年，青年莎士比亚遇到了26

岁的安妮·海瑟薇，他不顾年龄差异成功与安妮结了婚，并很快有了大女儿苏珊娜，接着又生育了异卵双胞胎哈姆尼特和朱迪思，不知不觉中成为三个孩子的父亲。遇见真爱的喜悦、成为父亲的激动与不安，让莎士比亚在很短的时间内经历了人生多种多样的情感。但婚姻在带给他喜悦的同时，也让他离梦想越来越远。因为家境依然艰难，他作为一家之主，要照顾妻子和三个孩子。

不过莎士比亚并没有放弃梦想。他在辞去皮革厂工作后的几年里，究竟做过哪些工作，至今还未被世人所知。有人说他当过老师，也有人说他在律师事务所工作过，还有人说他跟随来斯特拉特福的剧团寻找演出机会。但是，可以确定的是，在双胞胎出生后不久，他便把妻子和孩子留在斯特拉特福，独自前往伦敦并在剧团里正式开始了他作为戏剧演员和剧作家的职业生涯。背井离乡本就不容易，这也说明了莎士比亚对梦想的执着。

一夜成名的乌鸦

1590年，莎士比亚26岁那年，他的第一部两幕喜剧作品《亨利六世》登上了舞台。之后的两年时间里，莎士比亚又将该剧扩展成了三幕剧。1592年，该剧在当时非常有名的玫瑰剧场上演，备受瞩目。从那时起，莎士比亚的早期作品开始逐渐登上舞台。从与莎士比亚同一时期的剧作家罗伯特·格林的话语中，我们便可以感受到当时年轻的莎士比亚究竟有多成功。

罗伯特·格林称莎士比亚为"一只暴发户式的乌鸦，用他人的羽毛打扮自己"。他借伊索寓言中借用其他鸟类的羽毛来装扮自己的乌鸦来嘲讽莎士比亚。同时，他还挖苦莎士比亚没有上过大学。

但这反而可以证明当时刚进入戏剧界不久的莎士比亚到底是多么成功，才会遭到那么多人嫉妒，以至于直到现在这句话也一直被引用。同一年，罗伯特·格林死后，为罗伯特·格林刊登过上面那句话的出版人出来澄清，他说实际上自己的想法与罗伯特·格林不同，并为此向莎士比亚道歉。这足以证明，在短短几年时间里，莎士比亚在戏剧界受到广泛认可。

 一路高歌猛进的剧作家

尽管当时英国戏剧非常盛行，但以此谋生也

并不容易。因为不仅各剧团之间竞争激烈，而且当时国家公职人员或宗教领导人都认为戏剧毫无用处，是浪费时间的放荡之事。并且，聚满了人的剧场是最活跃同时也是最肮脏、最危险的地方。因此，公职人员严格控制戏剧演出的内容，如果发生传染病，首先关门的就是剧场。

重重困难没能阻止莎士比亚的发展。抓住机会的莎士比亚迅速在戏剧界占据了一席之地。1595年开始，莎士比亚的名字开始被宫中大臣们频繁谈起，剧团的名气也日益上升，还时常受喜欢戏剧的伊丽莎白女王邀请去宫里演出。几年后，伊丽莎白女王去世了，詹姆斯一世登上了王位，直接任命莎士比亚的剧团为官方剧团，于是莎士比亚进宫就更加频繁了。

这样持续了一段时间，1596年，莎士比亚经历了丧子之痛，他的儿子哈姆尼特年仅11岁便去世了。不过，这一年也是莎士比亚重振家门的一年，莎士比亚家族获得了绅士称号，可使用家族纹章。这两项特权都需要有政府许可才能使用，象征着高于普通平民的社会地位。莎士比亚的父亲年轻的时候曾花很多钱申请，但每次都被拒

绝，所以莎士比亚这次获得认可显得意义更加重大。第二年，莎士比亚又在斯特拉特福买下了包括房子在内的大量资产。

1599年，泰晤士河南岸建了环球剧场，就是在那里，莎士比亚的许多作品首次登上舞台。至今，人们一提到莎士比亚还是会想起环球剧场。这时，莎士比亚在创作方面也渐渐进入全盛时期，几年时间里，他创作了《罗密欧与朱丽叶》，在《威尼斯商人》的基础上创作了《皆大欢喜》《第十二夜》《仲夏夜之梦》《温莎的风流娘儿们》等，正是这么多喜剧作品让莎士比亚一举成名。

莎士比亚作品的巅峰时期

不知从何时开始，莎士比亚开始创作揭露人们内心烦恼的悲剧。当然，他之前创作的喜剧也并不都是搞笑或欢快的，不过最终所有问题都得以解决，有一个幸福的结局。而与此相反，像《哈姆雷特》这样的悲剧，最终大部分人物都被无可奈何的痛苦折磨着，他的作品风格也从这时起发生了转变。

继《哈姆雷特》之后，《奥赛罗》《李尔王》《麦克白》等表现人性阴暗面的作品，在1600年到1607年之间被创作出来。这样的变化，可能与1601年莎士比亚父亲的去世有关。在这之前，莎士比亚虽然也经历过许多痛苦，看着父亲从一个平凡的小作坊农民的儿子上升为村里的议长，后来又困难到无法供孩子上学，在这个过程中，他可能更加切实地感受到了人生的痛苦。

虽然因为莎士比亚，他们家的地位在一定程度上有所恢复，但父亲终是无法通过一己之力东山再起。父亲去世后，莎士比亚会有什么样的感触呢？那些真实记录莎士比亚内心世界的日记或书信几乎都未能留存下来。不过，这一时期的痛苦与打击，显然在莎士比亚作品中留下深深的痕迹。

 隐退与辞世

莎士比亚在四十多岁的时候回到斯特拉特福与家人一起生活，但没过几年，在他52岁时就因病与世长辞了。

莎士比亚的遗体葬于斯特拉特福的教堂里。虽然莎士比亚离开了人世，但莎士比亚的精神生生不息，跨越四百多年的历史长河，现在甚至比当时更加活跃。

莎士比亚的作品至今仍被不断阅读和上演着。能够最确切地表达莎士比亚精神价值的可能就是本·琼斯评价他的那句话了。作为莎士比亚的朋友，同时也是同时代竞争对手的剧作家，本·琼斯曾如是评价莎士比亚："他不属于一个时代，而是属于所有时代。"

2.莎士比亚的作品

 揭示什么是正义的《威尼斯商人》

安东尼奥品性温良，是威尼斯受人尊敬的贸易商。他的朋友巴萨尼奥虽然贫穷但也正直善良，他想向美丽的威尼斯姑娘鲍西亚求婚，却苦于没有路费。安东尼奥当时手里也没有钱，不过为了巴萨尼奥，他还是想办法准备了钱。放高利贷的夏洛克是一个以贪婪恶毒出名的犹太富商，安东尼奥替巴萨尼奥向夏洛克借了钱。夏洛克把钱借给安东尼奥时没有收利息。但在合同里约定，如果安东尼奥无法按时还钱，则需要割掉安东尼奥的一磅肉。

巴萨尼奥用安东尼奥向夏洛克借来的钱迎娶了一直爱着自己的鲍西亚。但这时威尼斯城内到处流传着安东尼奥的船沉没的消息，安东尼奥变得几乎身无分文，而还钱的日子却越来越近。

一到约定还钱的日期，夏洛克就让安东尼奥立刻还钱，可是安东尼奥根本还不上，于是夏洛克趁机让安东尼奥割掉一磅肉来抵债。巴萨尼奥听说了这个消息之后，为了救安东尼奥，他紧急返回了威尼斯。但无论说要还本金几倍的钱，夏洛克就是不同意，始终坚持要割安东尼奥的肉，并且准备好了刀和秤。

这时，偷偷瞒着巴萨尼奥男扮女装的鲍西亚以审判长的身份出现，她指出夏洛克的合约上只说了要割肉，但没有与血相关的约定，所以如果夏洛克割下的肉超过一磅，或是让安东尼奥流了哪怕一滴血，就要没收夏洛克全部的财产。

最终，夏洛克因要杀安东尼奥而被判杀人未遂罪，他失去了财产，勉强保住了性命。鲍西亚揭开自己的真实身份后，巴萨尼奥更加为鲍西亚的智慧而着迷。此时，还传来了安东尼奥的船平安返航的消息，真是皆大欢喜。

这个故事讲的是如何抓住对方的缺点发挥自己的智慧，但更多表达的是关于正义的故事。夏洛克一定是对安东尼奥心怀不轨才要求签订那样的合约。安东尼奥虽然也知道这一点，但他太想帮助朋友了，认为夏洛克不至于干出什么过分的事，所以泰然自若地同意了那份合约。

那么，夏洛克因为动机不良而签订的合约，就该被判定为无效，夏洛克就应该像戏剧中一样接受惩罚吗？还是说，按照法律来讲，合同就该履行，所以安东尼奥就应该被夏洛克害死？如果不是鲍西亚的聪明智慧，安东尼奥将会因夏洛克而死，威尼斯法庭里的所有人即使气愤也无能为力。

看《威尼斯商人》时，我们可以感受到，有时法律或规则并不一定能完全支持或保护我们认为正确的事情。厚颜无耻或行事卑鄙的人也不一定都会受到惩罚，就像经常帮助别人的人不一定常常获得奖励一样。那么，即便如此，最终还是正义战胜了一切的原因是什么呢？这是因为即便没有确定的奖励或惩罚，但人们自然会对这个人的所作所为给出公正的评价。

被欲望蒙蔽双眼的《麦克白》

麦克白是苏格兰国王邓肯忠诚的臣子，也是一位非常勇敢的将军。一个风雨交加的夜晚，麦克白与他的战友兼朋友班柯战胜归来，在回家的路上经过一片荒原时，他们遇见了三个留着胡子的女巫。女巫们预言麦克白将来会成为考特地区的领主，成为苏格兰的国王，还预言在他身边的班柯会成为延续苏格兰王族的人的祖先。

麦克白一回国，果真被任命为考特地区的领主。第一个预言一应验，麦克白就开始急切地等待第二个预言的应验。此时，国王邓肯恰巧偶然下榻麦克白家中。麦克白的夫人也像麦克白一样野心勃勃，她煽动麦克白像个男人一样杀了国王，速战速决。麦克白在贪欲的驱使下，杀了一直把自己视为忠诚的朋友的邓肯国王，还一并杀了国王的侍卫，并嫁祸给他们，称是他们杀害了国王。

贵族麦克德夫得知了这个真相，邓肯的两个儿子唐纳本和玛尔康当然也不会愚蠢到相信这样的谎言，他们意识到自己也可能有性命之忧，所以纷纷逃出了苏格兰。麦克白最终登上了王位。第二个预言应验了。

很快，麦克白又想到了第三个预言。因为如果班柯的子孙成为苏格兰的国王，那就意味着麦克白将会被赶下王位。好不容易才登上王位，尝到了权力的滋味，麦克白当然不会轻易放弃。于是，麦克白派刺客去除掉班柯和班柯的儿子。结果班柯虽然死了，但他的儿子弗里恩斯却逃了出去。

现在，对麦克白有威胁的人不是死了，就是跑得远远的，可麦克白和夫人却一直惶恐不安，还时常看见班柯的鬼魂。麦克白最终又去找了三个女巫。三个女巫这次也给出了三个预言。第一，小心提防麦克德夫。第二，任何女人生下的孩子都无法伤到麦克白。第三，在勃南森林向麦克白所在的森林移动之前，可以高枕无忧。第二和第三个预言听起来好像并没有应验的可能。所以，麦克白一方面安了心，另一方面又为了第一个预言杀死了麦克德夫的家人。然而，一直在背后大胆蛊惑丈夫的麦克白夫人，最终因为罪恶感而自杀了。

麦克德夫说服了英国国王爱德华，制订了打倒暴君麦克白的计划。在英国国王爱德华的帮助下，麦克德夫带领军队在经过勃南森林的时候，命令士兵折下树枝作为掩护。也就是说，第三个预言应验了，勃南森林在向麦克白逼近。如果是这样的话，那第二个预言又怎么应验呢？世上难道还有不是女人生出来的孩子吗？答案便是麦克德夫。麦克德夫是通过剖宫产出生的，并不是他的母亲自然生产的孩子。最后，麦克德夫杀死了麦克白，全剧落下帷幕。

为了权力，为了满足自己的野心，人到底能做到什么恶劣的地步呢？有梦想固然重要，而为了实现梦想就可以不择手段吗？麦克白曾是个勇敢而机智的将军，但陷入欲望无法自拔，为了追求欲望而陷其他人于不幸之中，又担心自己遭到报复而终日惶恐不安，最终他所担心的事情变成了事实。

我们在看《麦克白》的时候，可以领悟到世界是许多人共同创造的这一道理。每个人都可以梦想成为国王，但麦克白一味追求自己的梦想，而不管把别人陷入什么样的处境，最终落得可怕的结局。通过《麦克白》，我们要记住，我们所做的任何事情不仅会给我们自己带来影响，还会对别人产生影响，甚至通过别人最终再反过来影响自己。

3.从莎士比亚的故事中可以领悟到什么?

 发掘自己独有的力量

莎士比亚的经历与当时其他的剧作家有很大不同。他没上过大学，年纪轻轻就因为家境困难而从事过多种职业，又突然成为几个孩子的父亲，要承担家庭的责任等，可以说他比别人经历了更多的磨难。但这些足以让人自卑的经历反而成为了他的力量。

虽然没上过大学，莎士比亚反而更容易摆脱当时剧作家们执着追求的罗马古典剧的束缚。莎士比亚所写的历史剧有很多也是取材于罗马或雅典的经典，尤其是他年轻时的作品，有模仿古典剧的痕迹。不过，莎士比亚通过读书，不仅熟悉和了解了古典作品，而且在各种生活经历中积累了实际经验，这使他在创作古典作品时不拘泥于古典。莎士比亚的剧作融合了他的生活经验和通过读书所获得的知识，不仅对当时的下层平民，甚至是生活在现在的我们，都很容易引起共鸣。也就是说，罗伯特·格林所嘲笑的缺点反而成了莎士比亚的优点。

如果其他人都是大学毕业，而只有他不是的话，他会不会尽力隐藏这一缺点，而尽量和其他人一样，创作更像罗马古典剧的戏剧？莎士比亚并未如此。莎士比亚发出了自己的声音，这也是莎士比亚作品独特的生命和力量所在。

当时，大部分剧作家的作品都是由团队共同创作的。只有莎士比亚和本·琼斯是个人创作并留下如此多的作品。这是因为莎士比亚具有不被已有的偏见动摇，坚持做出符合自己的选择的勇气。

不管对谁，都毫无偏见地倾听

莎士比亚虽然不惧怕打破已有的固定框架，但这绝对不是说莎士比亚是个不听别人意见的人。相反，不管面对谁，他都是先站在对方的立场上认真思考。在塑造剧中人物时，他不管剧中这个人的角色是正面的还是反面的，他首先考虑的是这个人的处境。所以，在看莎士比亚的戏剧的时候，里面没有一味单纯善良或完全邪恶的人。剧中人物的性格并不是单一的，而是多种多样的、复杂的。

比如，罗密欧深爱着朱丽叶，但在遇见朱丽叶之前，也曾为罗萨兰小姐而伤心。奥赛罗虽是个有勇气的将军，但内心深处却多疑、嫉妒和不安，胜过对夫人的信任和爱。《威尼斯商人》的主人公安东尼奥对他的朋友巴萨尼奥来说是个值得信任和依赖的朋友，但在向夏洛克借钱的时候，对夏洛克也很冷漠。残忍而冷静的麦克白的夫人也会因罪恶感而痛苦自杀。

莎士比亚可以创造出这样的人物绝不只是凭借想象力。这是因为莎士比亚是一个有着丰富的好奇心并能够认真倾听别人的人，所以才能真正地了解人们复杂的心理。也因此才能写出鲜活的剧本，台词有趣，也能穿透人心。要想像莎士比亚一样写出好的作品，首先要保持积极的好奇心，可以从周围的人开始，打开心扉，认真倾听他们的故事。

逆商培养童话
莎士比亚叔叔的文具店

翻译家、编辑　金韩率

这本书对人性发展有什么样的帮助呢？

如果说研究如何做人的方法的学问被称为人文学的话，那人文学对正初步形成人性的小朋友们来说，就是一门非常重要的学问。因为人文学的根本就是培养理解别人、体谅别人的品行，也就是"正确的品行"。

认真地回答后面这些构建人性基础的问题，大家就可以获得判断和解决生活中遇到的许多实际问题的能力。不仅如此，还可以练习写作批判性的文章，学会正确表达自己的想法。

1. 培养基本人性，理解故事内容

　　《逆商培养童话·莎士比亚叔叔的文具店》的每一章都用小标题写出了莎士比亚想传达给各位小朋友的思想。回想一下童话的内容和各章节的教诲，回答下面的问题。通过回答问题，孩子会慢慢养成良好的品行。

　　1. 光辉听了《仲夏夜之梦》的故事后是怎样理解爸爸的处境的？

　　2. "风和日丽的日子里有毒蛇出没"这句话中隐藏着什么样的道理呢？

　　3. 光辉经历了被"不良土豆三人帮"欺负的事件后，很后悔曾经对朱诺所做的事。光辉和朱诺之间发生过什么事呢？

　　4. 莎士比亚叔叔说他从书中获得了可以翱翔天空的翅膀。这句话是什么意思呢？

　　5. "台风虽然可怕，但很快就会过去"，《李尔王》中这句台词是什么意思呢？

　　6. 光辉没有勇气和美露打招呼，为此莎士比亚给光辉讲了一个什么故事呢？

　　7. 莎士比亚叔叔说我们每个人并不完全了解自己。为什么会是这样呢？

　　8. 《威尼斯商人》中的夏洛克借钱给安东尼奥的真正目的是什么？写一下夏洛克的真实心理。

Ⅱ. 巩固品行，理解和批判

以童话内容为基础，拓宽思考范围。和朋友们一起讨论下面的问题，会发现每个人都有不同的立场和解决方案。结合自己的经验写一写阅读童话的感受，练习更好地表达自己的方法。

【与朋友一起讨论吧】

1. 光辉家因为爸爸失业生活变得困难起来。但妈妈却很顾忌把这些情况都告诉光辉。你认为家里有困难的时候应该告诉孩子吗？还是觉得隐瞒着更好呢？请说明依据并和朋友进行讨论。

2. 曾经严肃认真又聪明智慧的李尔王，随着年纪越来越大，判断力也下降，变得顽固不化。他把国家传给了两个女儿之后又被女儿抛弃，最终落得个悲惨的结局。你认为李尔王和他的两个女儿中谁的错误更大一些呢？请发表自己的意见。

【写一写自己的经历】

3. 《哈姆雷特》中有句台词"为女本弱，为母则刚"，请想一想，自己的妈妈是否也有这样的一面，写出具体的事例。

【例文】我妈妈说她曾经早上起得晚，也不怎么习惯吃早饭。但在我出生后，她每天都要早起照顾我，慢

170

慢地就习惯起得早了，也开始做早饭了。我认为妈妈很强大。为什么这么说呢？因为改变习惯是件非常困难的事情。即使人们下定决心，因为意志薄弱，制订的计划不一定能实现。但妈妈却因为做了妈妈，就克服了这一切。我认为她真的非常顽强而坚韧。

4. 没有人知道你的未来会是什么样子。心怀梦想并为实现它而不断努力，梦想就有可能会实现。想象一下未来的自己会是什么样子，写一篇未来日记吧。

III. 研究莎士比亚

读完童话故事，你是不是非常好奇莎士比亚叔叔是个怎样的人呢？现在让我们来仔细阅读附录中介绍的莎士比亚生平与思想，回答下面的问题。

1. 莎士比亚小时候接受过什么教育？这个经历对莎士比亚的创作有什么样的影响？

2. 莎士比亚在戏剧舞台上成功之后，有个剧作家曾称莎士比亚是"一只暴发户式的乌鸦，用他人的羽毛打扮自己"。为什么别人会这么称呼他呢？

3. 《威尼斯商人》中提到了法律的正义和人间的正

义。通过安东尼奥和夏洛克之间发生的事情，来区分一下这两种正义。

4. 《麦克白》的主人公麦克白将军篡夺王位之后，为了守住王位残害了很多人，最终却落得悲剧的下场。你认为是什么原因造成了麦克白的悲剧？

5. 阅读莎士比亚的生平，可以领悟到那些艰难痛苦的经历反而会成为成功的基石。把自己当作莎士比亚，来给小朋友和青少年们写一封信吧。请从以下三个主题中选择一个主题进行写作。

1. 不要盲目模仿、跟着别人去做，要做自己所擅长的事情。
2. 与他人的不同之处是我的个性，也是我的潜力。
3. 敞开心扉去倾听周边人的声音。

1. 培养基本人性，理解故事内容

1.《仲夏夜之梦》是通过想象编出的幻想故事，这个故事向我们传达了两个道理，一是爱不是用眼睛去看的，而是要用心去感受的，二是仅看外表无法得知对方内心的真实想法。光辉听完这个故事后，理解了爸爸之所以辛苦是因为人们还没有发现爸爸的能力，并充满希望地想象着爸爸得到肯定的画面。

2. 风和日丽的日子代表好的事情，毒蛇代表危险而糟糕的情况。这句话里也包含着这样一个教训，不要因为发生了好的事情就一味只顾高兴，也要随时防备危险的降临。光辉觉得爸爸遇见了"失业"这条毒蛇，要努力与其进行斗争。

3. 在玩具店里，店老板说朱诺没有付钱就要拿走机器人，把朱诺当成小偷，而光辉当时却没有站在朱诺这边，他为此感到非常后悔。光辉在经历了不良土豆三人帮事件后，看到"把今天别人对我犯的错看成是对我昨天所犯错误的惩罚"这句台词时，深深体会到在遭受委屈时，如果没有人帮忙，将会是一件多么尴尬而又孤单的事情。

4. 莎士比亚没有接受过正规教育，但他通过读书积累了知识，在工作中体验了不同的生活经历，并慢慢地了解了这个世界。这些知识和感悟成为他以后创作戏剧的基石。对于莎士比亚来说，书给他插上了翱翔天空的翅膀。

5. "台风虽然可怕，但很快就会过去"。这句话的意思是任何情况都不会永远持续下去。即，无论多么艰难的事情最终都会过去，要集中精力做自己想做的事情，并尽最大努力坚持下去。

6. 莎士比亚讲述了自己初恋的故事。莎士比亚年轻的时候，曾因为没有勇气向自己一见钟情的人表白而伤心痛苦，因为他担心表白之后被拒绝。但与其后悔一辈子，不如将自己的心意大胆地表白出来，所以最终他还是鼓起勇气表白了，并幸福地结了婚。莎士比亚通过自己的故事来告诉我们，喜爱对方就要如实地表达自己的心意。

7. 世间的客观事物可以被准确地描述。但人每时每刻都在发生变化，包括身体、内心、精神，都在发生变化。也就是说，我们现在的样子不会一直保持到死。因此，谁也无法准确地说出自己是个什么样子的人。我们的人生拥有无穷的潜力，谁也无法预知未来会发生什么事情。

8. 夏洛克借钱给安东尼奥，并不是因为理解他的处境、为他感到惋惜才借给他的，相反，他是为了使安东尼奥陷入更困难的境遇，甚至为了危及他的生命才借给他的。夏洛克对安东尼奥怀有祸心。但鲍西亚凭借她的机智在法庭上揭露了夏洛克的不良居心，并让他受到了惩罚。

II. 巩固品行，理解和批判

1. 观点一：我认为应该告诉子女。即使不说，通过家里的气氛或父母的态度，子女也能看出点什么。但父母诚实地告诉了子女之后，反而能获得更大的希望和勇气，还能让孩子产生对家庭的责任感，让他们深刻地思考自己应该怎么做。如果不说的话，孩子们只会看父母的脸色胡乱猜测，反而可能陷入消极情绪中而痛苦不堪。

观点二：最好不要告诉子女家里的困难情况。孩子的心理承受能力弱，家境日渐困难对小小年纪的孩子来说很难接受。如果他们知道的话，既要为父母担心，又担心未来，很可能无法集中精力学习，甚至惶恐不安。这也不是父母所希望看到的结果。因此，我认为应该瞒着孩子，要表现地跟往常一样。

2. 观点一：我认为责任在李尔王，他没能正确判断两个女儿的为人，被阿谀奉承蒙蔽，而把国家传给了两个女儿。俗话说"种瓜得瓜，种豆得豆"，无论如何，是李尔王自己造成了这样的结果。如果想阻止事态发展，李尔王应赶在还贤明的时候就定好继承人。李尔王虽身为国王，却也无法预知事情的发生和发展，才最终招来祸端。

观点二：人老了或生病后，判断力会下降，也会变得冥顽不化。利用这一点来欺骗自己的父亲然后占领国家，两个女儿的过失更大。她们不仅辜负了父亲的养育之恩，甚至还把父亲赶出去，这是不可原谅的大不孝。

3. 先从这句话的意义开始说起。这句话虽然对女性有点偏见，但也包含了对母爱的敬畏之情。女性在身体力量上比较柔弱，与男性相比是比较弱势的存在。有些女性，可能更重视的不是工作或名誉，而是对爱情的执着追求，从这一点来看，女性也是弱势的。但成为母亲之后，她们可以为了孩子承受和克服任何困难，展现出坚韧的毅力、勇气和决断力。从而展现她们"刚强"的一面。

4. 首先想象一下未来某一个时间、年龄、职业、事件、相关人物等，就像写故事一样，先在脑海里构思一下具体的情节，然后再针对这个内容写一篇日记。比如，如果梦想成为一名歌手，那就可以这样写："今天我终于获得了今年的歌手奖。在叫到我名字的时候，过去三年里所受的苦就像放电影一样一一浮现在我的眼前。随后，两行热泪就顺着脸颊流下来了。到现在，我内心的激动还难以平息。"

Ⅲ. 研究莎士比亚

1. 莎士比亚小时候在语法学校里努力学习了拉丁语，于是他可以熟练阅读用拉丁语创作的古代典籍，莎士比亚正是从这些古典作品中获得灵感并创作了很多戏剧作品，他还利用拉丁语单词结构，创造了许多全新的单词和表达，也正是这些，让莎士比亚的作品更加丰富、有价值。

2. 这是因为连大学都没有上过的莎士比亚获得了成功，别人对他产生了嫉妒。所以，为了贬低莎士比亚和莎士比亚的作品，把他比作伊索寓言中的乌鸦，来嘲笑莎士比亚。意思是说，就像预言中的乌鸦插上其他鸟的羽毛来炫耀自己的美丽一样，莎士比亚和莎士比亚的作品本身是不值一提的。

3. 法律的正义是为了使两个人协商形成的合同可以照常执行。安东尼奥未能在约定的时间内还钱，应该按照合同规定割下自己的肉给夏洛克，这就是法律的正义。但安东尼奥因鲍西亚的聪明机智而获救，相反，夏洛克却被剥夺全部财产。这是因为人间的正义。人们总是想给善良而有情义的人以奖赏，给邪恶而不义的人以惩罚。结果是，威尼斯的人们并没有因为安东尼奥没能遵守约定而责备他，反而为他感到惋惜。鲍西亚为了报答安东尼奥，救了他的命。

4. 观点一：我认为麦克白之所以遭遇如此悲惨，与三个女巫有关。因为三个女巫的预言让麦克白变得不安，产生强迫心理。因为一定要成为王的强迫心理，以及为不知是谁可能会伤害自己的想法感到不安，所以才做出了恶劣的行为。

观点二：我认为是麦克白自己的原因。不管女巫怎么预言，选择努力实现这些预言并付诸行动的人确实是麦克白本人。如果麦克白对预言哪怕有一点怀疑和批判的想法，下场也不至于如此悲惨。

5. 你好，我是莎士比亚。给你们写这封信是因为有些话想对你们说。你们中间是否有人羡慕其他人，或是认为自己没有什么擅长的，并感到讨厌自己，什么都不想做呢？我今天就是要告诉你们，完全没有必要这么想。每个人都很特别，都有存在的价值。你是如此与众不同。如果家境贫寒，可能会比富有的人拥有更多的理解心，也可以更加了解人们的内心和真实的样子。与其努力寻找与他人的相同之处，不如努力寻找与他人的不同之处。然后把不同之处当作自己的优点，不断磨炼，就会领悟到自己身上有着无穷的潜力。希望你们一定要铭记这一点，自信满满地生活！